東京ドリーム

Cocco

しばらく胸に巣食っていたぴょんぴょん魚がぐるんぐるんと暴れ出し、私はぬるぬるした水苔《みずごけ》の這《は》う深い深い池の底に、気がつけば長い時間眠っていた。
水面に浮かび上がった時、世界はこの目を潰《つぶ》してしまうほどに輝いていたから、しばらくは己の所在すらわからない有様だった。
水からあがり、私はまず靴を買いに出掛けた。新しい靴の底が軽快に刻むその音色は、地を行くための喜びになり、街を歩くための大きな励みになるからだ。そして踏み出すと同時に、私は踊り出す。
ふいと姿をくらまして
あなたからずっと遠くなる
箱に鍵をかけまして

あなたからもっと見えなくする
しかしくるくるダンスは楽し

時に、ぴょんぴょん魚はあの池に戻りたいと駄々を捏《こ》ね、たちまち私をびしょ濡れにしてしまうから、ああ、踏み出す足が重いのだけれど
愛は私に降り注ぎ
あなたはうちひしがれている
愛は私にそっぽ向き
しかしくるくるダンスは楽し

新宿でお会いしましたね。渋谷でもお見かけしました。こんなに広い世界でどうして会えたんでしょう。こんなに狭い世界でどうして会えなかったんでしょう。
えっちらほっちらぐるぐる巡る
月に遠吠《とおぼ》え　星ひゅるる

夜の終わりと朝のパン
しかしくるくるダンスは楽し
そうよくるくるダンスは楽し

だってごらんよ命は楽し
しかしくるくるダンスは楽し
制御不能のSinging
制御可能かDancing
揺れてあっち　揺れてこっち
ダ　ダ　だ　だ
大好きです

東京ドリーム　目次

もしも願いが叶うなら

〝生《い》け贄《にえ》〟という制度が、まだ残っていたらと想う。迷信やおとぎ話ではなく、現実的かつ具体的効果をもたらすいいんちきなしの〝術〟として。雨乞いの唄よりもっと、てるてる坊主のクビよりも、もっともっと確実に効くような。

「ジュゴンより人間の命大切」

沖縄の新聞紙面に寄せられた読者投稿を読んだ。

「本当に生息しているかどうかわからないジュゴンの保護や美しい自然を守るよりも人間の命を守るのが大事だ」

ぽろぽろと涙が出た。

「県外、国外移設となると今後十五年以上も普天間基地は現状のままである可能性が高い」

　ぐうの音《ね》も出なくて鼻水をかんだ。

「普天間基地のヘリコプターが今度墜落したら確実に死人が出る」

　その通りだろう。

「一日も早い辺野古《へのこ》への移設を望む」

　わらわらと泣いた。


　皆、沖縄を愛している。愛するが故に、皆意志がある。県内で対立するのも、県外に向かって叫ぶのも、全ては皆が沖縄を想うが故だ。元々の犯人探しをしたってもうしょうがない。最初から基地がなければこんなことには……、なんてそんなたら、れば、の話では前に進めない。

　私は、生け贄になりたい。

「もしも願いが叶うなら」なんて、たら、れば、よりたちが悪いかな。

　たとえば私を白い布でぐるぐる巻きにして海に投げ入れるもいい。機関銃で撃ちまくって、家族が確認できないほどの肉片にするもいい。これが終わるなら、この問題がもう終わるなら、そのために〝生け贄〟が必要だとすれば、私は真っ先に手を挙げよう。

誰に託せばいいのかなんてもうわからない。誰を信じればいいのかもわからない。泣いて叫んで走り回っても、私に山を動かす力はない。誰かの「愛してる」が、万人にとっての正義になり得るわけでもない。誰かの愛が故にこの島は揺れ続ける。どうしようもないナルシストな発想にちゃんちゃら笑える。わかってるよ。誰もそんなこと望んじゃいないって。あまりに稚拙《ちせつ》な思考回路だろ？ でも、もしも願いが叶うなら。私はこの問題を終わらせるために身を捧げる生け贄になりたい。

私はもう何もいらない。何もいらないよ。

そして、最期に遺《のこ》す言葉が許されるなら、こう叫ぼう。それがまた誰かの愛の形を踏みにじることになっても。お願いだ。目を開けろ。

この海は、ジュゴンの海だ！

プロフィール

「Ｃｏｃｃｏ・沖縄県出身・歌手」とはいっても、気がつけば干支《えと》を三度巡った身の上、三十六歳となった今、すでに人生の半分を郷里から離れて生きていることになるのだから、沖縄県出身なんてプロフィールの真実味がやや薄れつつあると、人知れず想うところ有り。

「Ｃｏｃｃｏ・沖縄県出身・東京都在住」

私には、いわゆるホームドラマで見るような典型的な実家といえる場所や、そこにしかるべきキャストは揃っていない。帰郷の度、那覇にある常宿のフロントで「おかえりなさいませ」と迎えられるのは、少々滑稽《こっけい》で複雑な気持ちになるものだ。

しかしそんな心情を悟られぬように、私は那覇の街を我がもの顔で闊歩《かっぽ》する。万が一にも観光客扱いを受けるのが何より屈辱的なことだから、市場では話しかけられる前に自ら地元民アピールをして積極的に詫るに限る。子供時代からの馴染みの店より、真新しい店と見知らぬ顔のほうがはるかに増えてしまったから難儀なことだ。

自称那覇の番長しかしネコパンチ。生まれ育った街の雑踏の中に仁王立ちして大袈《おおげ》裟《さ》な縄張り誇示をしてみたところで、あとは一人そそくさと常宿に引きあげるだけ。エレベーターで乗り合わせるのはひらひらのリゾートドレスを纏《まと》った観光客。私はうんと体を隅に寄せて島のお客様たちとの距離をとる。

暑苦しいほどの愛情でもって大歓迎してくれる家族や友人たちは大勢いるというのに、私はホテルの小さな部屋を選び、ベッドにごろりと横たわるのだ。繁華街の喧噪《けんそう》が、少し開いた窓の隙間からぬるりと流れこんできてつま先に触れたかとおもうと、あっという間に髪の先までのみこんでしまう。

――案外、私は客室でのその孤独が好きだ。かすかに、でも途切れることなく打ち寄せる三線《さんしん》の音色が子守唄。それはじんわりと体の真ん中を灯す熱伝導。独りじゃないから一人になれるってことを教えてくれる私の真ん中、ビビビビビ。

ああ、そうだ。海を渡ろうが山を越えようが、どこにいたって私は沖縄を「この島」

と指す。どこにいても「この島」とまるで自分の体の一部のように称《とな》える。不思議なことにいつまでたっても「あの島」にはならないものだ。

揺るぎないその真ん中が招く感情だろうか、「Ｃｏｃｃｏ・沖縄県出身」これ以下に続くプロフィールがどのように綴《つづ》られようと、実のところはどうでもいい気がする。

これから行く先も、これまでに訪れたどこもかしこもを、私は大切に想う。その土地を傷つけないようにやさしく、どこにいようとも、沖縄の女として恥ずかしくない者でありたいと心に懸けるのだから。

ありがとう。

恐るべし、一人一人みんなに愛しのプロフィール。

見えない共犯者

イギリスの大学に通っていた頃に見たテレビのドキュメンタリー番組。フカヒレのために乱獲されたサメが無惨にもヒレのみを切り落とされ、次々に海へと投げ捨てられていく密漁の映像。ヒレを奪われた血まみれの〝それ〟は、まるで人魚の死体のようだった。

私は愕然《がくぜん》としてそれを見ていた。なんてこった。誰だ？　こんなこと、誰の仕業だ？目を凝らすと、船体には日本の名前が印《しる》されてあった。私は異国の地で、心臓を千の針で突き刺されたような感覚を覚えた。

「まさか」

日本人として心がワサワサと揺れた。

しかしそれは結果的に「まさか」を免れることになった。その船はずいぶん使い古された物で、乗組員も日本人ではなかったのだ。

「ああ、よかった」

そう想った。

でも次の瞬間、そう想った自分に絶望した。

あんな映像を目《ま》の当たりにしてなお、逃げ道を探した自分が情けなく、悲しかった。

「日本は、やっていない」

私はその言い訳で千の針を抜こうとしたのだ。

日本で使われなくなった漁船は遠いアジアの国へ渡り、私たちの手の届かない所で私たちの知らないことに利用されているだけかもしれない。でも、沖縄のレストランにも並ぶフカヒレメニューのその出所《でどころ》を私は知らないのだ。

世界規模で制作されたある壮大な海のドキュメンタリー映画が日本で上映されるにあたり、映画関係者と言葉を交わす機会があった。日本広報担当者は開口一番に「日本人はフカヒレだけ切り落として他は捨てるということはしていないです」と私に言った。もちろんその後に真摯《しんし》な言葉は続いたのだけど、私は何となく一歩引いてしまった。

「日本は、やっていない」

「私たちは、やっていない」

「私は、やっていない」

父の家の駐車場でたむろする小学生たちにゴミを片付けるよう注意したら、「俺の捨てたゴミじゃない」と返された。

俺たちじゃない。

俺は、やってない。

足元にゴミが散らかっているのに、俺はやっていないから、拾う必要はない。

他所《よそ》の血による犯罪はどれだけ責め立てられるかわからないこの島で、じゃあ沖縄人による犯罪を沖縄人はどれだけ認識しているだろう。

被害者という立場に慣れてしまった沖縄。

沖縄は、やっていない？

私たちは、やっていない？

全人類の罪を背負う必要はないけれど、私たち人間の罪を、私は知らなければならない。

「私は、やっていない」

この言い訳がなくなる時、世界は変わるかもしれないから。

アイデンティティー

沖縄を外から見てみたいと想った最初の意図と現在のその意図に相違はない。実際、沖縄の扱われ方は県外に出てみないとわからなかったし、はたまた日本の立ち位置というものも国外に出てみなければわからないものだった。

地方では主にその地方を主観としたニュースが報道される。〝ムーチービーサー〟や〝うりずん〟等々の折に触れて使用される季節用語も、ローカルならではであって全国共通のものではない。しかし当たり前にローカルに親しんでいた頃の私は、全国つつうらうら〝ムーチービーサー〟の冷え込みがあり、夏に向かって走り出す前の、あの何ともいえない爽《さわ》やかな風は〝うりずん〟という名で、東西南北各地を吹き抜けているのだろうと想っていた。

さて、高校卒業と同時に上京した私の夢はバレリーナだったが、そんなものはどこへやら。縁とも必然とも運命ともいうべきか、中には無茶苦茶ともいえる出会いの糸をたぐりよせて縒《よ》り合わせて、二〇歳の時に歌手としてデビューを果たした。以降、様々な場面において地方と全国との温度差をひしひしと肌で感じることになったのだが。

二〇〇〇年に開催された沖縄サミットを、私は地元沖縄で目撃していた。どのチャンネルに合わせても沖縄サミット関連のニュースが報道され、現場からの熱狂的な中継の模様は、毎分毎秒の出来事全てに世界中の注目が集まっているのだという興奮を煽《あお》るに十分だった。手に汗握り固唾《かたず》をのんでテレビに釘付けになる他ないような。この小さな島に今やっと陽《ひ》が当たっているのだ。多少のはめを外したお祭り騒ぎになろうと、もはやそんなことを論じている場合ではないと私は想った。

しかし、だからといって各国のお偉方々が笑顔で集って世界平和を語らったところで、沖縄の現状が好転するようなことはないのだから、と腹の底ではちゃんとしらけてもいたはずなのに。同時進行の体感とはすごいもので、中継の内容には思わず拍手喝采《かっさい》をよぎなくされる光景や、不覚にも熱いものがこみ上げてしまうというシーンが多々あった。

なかでも晩餐会の余興のひとつとして披露された琉球空手の素晴らしさといったらなかった。列席した各国首脳の鼻先すれすれにくり出される少女たちの突き。無言の、力強い、しかしまさにこれが、これこそが沖縄の叫びだといえる鉄拳であった。デモ行進でも火炎瓶《かえんびん》でもない、強く美しい礼の道を通した、それはそれは誇り高い勇姿だったのだ。

その映像の尺がどれぐらいだったか確かではない。でも、その空手こそが私にとって沖縄サミット最大のハイライトになった。

東京に戻った私は周りに問うた。

「どうだ！　沖縄の鉄拳を見たか！」

ところがどっこい。東京で報道されたのは沖縄サミットのほんのほんのごく一部で、そこに私のハイライトは含まれていなかった。

それからだ。私の全国放送というものへの意識がはっきりと変わったのは。あの鉄拳が届かないのだから全国放送というものは。何という高い厚い壁なのだろうと身震いした。

もしも私に全国放送の尺が与えられるとしたら、沖縄人としてあの鉄拳よりも強く美しくあらねばならない。あの鉄拳を目撃してしまった者として、これはある種の使命だと想っている。だからとてもとても緊張します全国放送。

右へ左へ火を吹き

歴代興行収入新記録達成、アカデミー賞最多九部門ノミネート。十人中十人が「よかった」と推奨する大ヒット映画にウキウキと出かけた。

座席に三時間弱。なんと言葉にすればいいかわからない。ただただぽかんと驚いた。二十一世紀にこんな映画が大ヒットしていいのだろうか。

正義の名の下《もと》に戦い、その落とし前は「愛」でつけられる。所詮《しょせん》アメリカ映画はア、い、か、メリカ教でしかないのか？　あまりにもわかりやすい善と悪が設定され、善は正義を掲げて愛のために悪を斬る「ＴＨＥ　ヒーロー主義」プラス焼き直しの「エコ」。

アメリカにおいて広島・長崎への原爆投下は、戦争を終わらせるために下した正義の決断＝武勇伝でしかない。もしそうしていなかったら、長引く戦いによってあれ以上の犠牲者が出たのだから、それを最小限に抑えたというお手柄話。被爆者と顔を合わせても謝罪しないのがアメリカ。だって頭を下げたりしたらアメリカ国民の誇りを覆《くつがえ》し、歴史自体を変えることになってしまうから。これが戦争に勝った国の恐ろしい意識なのだと思う。

でも、半世紀以上が経ったのだ。

「CHANGE」

この一言からアメリカが変わるのだと想った。これまでずっと変わることのなかった大国が、目指す方向を変えるのだと希望を持った。

世界が「平和」というひとつの的《まと》に向かって進んで行くような気がしていた。カラハーイ／方位磁石の針が、遥か海の彼方のニライカナイ／桃源郷を真っすぐに指しているような。今こそ時は来たのだと。そして私たちは手をとり合い、宇宙船地球号に乗って海原《うなばら》に漕ぎ出すのだ。同じ方角を向いて同じ祈りを抱いて。

「風が吹いている」そんな気がしていた。

映画を観ながら、私は笑った。世界はまだこの程度なのだ。風なんか吹くわけがない。

文学的あるいは芸術的表現の言葉尻をつかまえては、あれこれと批評する世間が、こんなエンターテインメントは受け入れるという。何も知らない次の世代の予備軍たちは、何も考えずにあからさまに描写された善を支持し正義を唱え悪を斬るだろう。

太古の昔から、皆が正義のために戦ってきた。それぞれの人生において、皆自分自身が正義であり善であろうとする。でも、もういい加減に学んだはずなんだ。いつまでくり返すつもりなのだろう。

そして、この国にも正当化された歴史があるという事実。

私は右にも左にも寄っちゃいない。後ろをよく見て、知り、前へ進みたいと願うだけだ。

時に私は火を吹くだろう。映像革命や技術の進化、圧倒的情報量に、まんまと高揚し浮かれるだけのこんな世界に。

〝わじわじー〟の怒りん坊

私は怒っていた。怒りは頂点に達し煮えくり返っていた。私は「島の怒りん坊」。「あ」は「あ」でなければならず、「い」は「い」であるべきであり、「う」の次は「え」であり、「お」を期待せずにいられないという性《さが》。しかし沖縄は、「あ」も「あ」でなければ、「い」も待たず、「う」にならなくても、「え」で仕方ないと笑ってみたりして、挙げ句、「お」が遠のいていくのを黙って見ているという性。

自分がどれぐらい怒っていたのか、私はその経緯や沸点や焦げ具合いといったものの匂いや色を、事細かに説明できるほどではないにしても、腹の底に残った怒りの痕《こん》跡《せき》を相手に、いつまでもしつこく〝わじわじー〟していられるというのに。その一方で、沖縄は実に「怒り」を忘れやすい。また、そうでなければ生きられないことを知っているが故に、どうやってでも明るく笑おうとする傾向があり、そしてそんないじらしい県民性は全国的にも市民権を得た。と同時に、どうせ笑って許してもらえると、最終的には受け入れてもらえるとも思われているだろう。

沖縄で「怒り」を忘れられない人は「ただの怒っている人」になってしまう。そういう癒やしの島がすっかり確立されてしまった。

それでも少し前まではパスポート所持の「裸足の原人」とさげすまれていたという沖縄人が、今や憧れのウチナンチュともてはやされ、ありあまるほどのありがたい恩恵を受けていることも事実であるから、青い空や人工ビーチや戦闘機やキラキラと光り輝く大粒の雨がごちゃまぜになって、私は呼吸が苦しくなってしまうのだ。

ちっぽけな島がこんなにも愛され、持ち上げられる時代になり、見ず知らずの人からも好きだ好きだ大好きだと言われ続ける。

私は私の抱える〝わじわじー〟という怒りの根本を知っている。それはどうとりつくろっても明確なので、こんな私でも容易《たやす》くここに書き示すことができる。

私は私の無力さに怒っている。そうなのだ。そしてただ無力なだけでは為《な》す術《すべ》がないから、怒りをエネルギー源にして無駄に猪突猛進しているのだ。その上、生きたくても生きられなかった人の分も、あの人の分もこの人の分もと勝手に引き受けて、自分のキャパシティー以上の持ちきれないものを全て抱えてみせようと、鼻息も荒くギャンギャンとわめいているのだ。小さい犬ほどよく吠えるのが世の常であるからして。

以前、私より沖縄に愛され、必要とされながら惜しまれつつ逝《い》った人が私に言ったことがある。

「僕が終戦記念の番組を一〇〇回報道しても、Ｃｏｃｃｏが一曲歌うのにかなわないよ」

生前、その人が言ったほとんどのことを理解できた私だけれど、この言葉ばっかりはまだ、まだまだまだ納得できないでいる。そしてまだ、何の実感も得られないままだ。

愛《かな》よ愛《かな》々《かな》

その目が欲しいと乞う
微笑んでくれまいかと願う
たとえ私が道に迷っても辿《たど》り着けるように
鐘を大きく鳴らして、そこにいてほしいと手を合わせる

祈りを掛けた
たくさんの想いを束にして全部繋《つな》いで金網に結んだ
潮風になびく色とりどりの「祈り」の、その美しかったこと
でもそれは刹那《せつな》の間に灰になって消えた。「命《ぬち》どぅ宝《たから》」のこの島で

蹴散らしてやろうと踏み出す
こんな島沈んでしまえと
もう何もいらないとあきらめたつもりで、
それでもどこかに咲いているであろう赤花を探している
白妙《しろたえ》の砂浜の向こうには、まっさらな雲。なんじゃそりゃ？
世界に向けて掲げられた白旗みたいじゃないか
まだ負けちゃいない
降伏が平和への賢明な道だなんて想わない
あんな雲引きずり下ろしてやる
雨が降ればいい
私を打てばいい
できるもんなら撃ってみろよ

龍神よ出《い》でよ

首里城を映す龍潭《りゅうたん》の水面を揺らして轟《とどろ》く稲光と共に、
獅子よ目覚めよ「生《う》まり島《じま》」忘れたわけじゃなかろう？
さあ、輪になって踊れ
踊るんだ

聖者の肩にも罪人の頬にも
同じように雨は落ちる

ぶっ壊してやろうと拳《こぶし》をあげる
みんな消えてしまえと
なのになぜまだ夢を見てる？
しつこいよまだ赤花探しかい？
雨が降ればいい
全部打ちのめしてくれたらいい

せっかく沈んだっていうのに、日はまた昇ってしまう
南の風の中であろうと、北の風の中であろうと

パパ、龍はいるんだよね？
ママ、獅子の舞を見たよね？
今、みんなはどこにいる？
今夜、雨はどこに降る？
ばあちゃん、ごめん。今、やさしい歌はうたえない。
じいちゃん、力をくれ。今日はまだこの体に残っている怒りで走りたいんだ。
みんな、待っていてくれないか、
明日、花が咲いたらすぐに届けるから
生きていて

お見送り

「いつも」は「いつか」終わってしまうというのに、「いつも」は変わらないとどこかで信じている。では、どこまでそれを信じていられるかといったらそれはそれでおかしなものだけど、事実なくてはならなかった者や風景がいざ消えてしまっても、人は生きてしまう。これが大変な問題だ。

残された者として奮闘したところで太陽は燃え尽きるのだし、託された者としてたすきを繋ごうにも次の風が読めない。

指先ひとつで世界がぐんと接触しやすいものになったからだろうか、なにかしら叶うのではないかと自惚《うぬぼ》れてしまった気がする。つまるところ、私たちは自然の一部どころかお荷物もいいところだというのに。

二〇一三年現在、私は携帯電話を持っていない。インターネットもメールもしないのでコンピューターも持っていない（迷惑千万）。郵便と自宅のＦＡＸ付電話機で済む用しか取り合わないので、少々厄介《やっかい》で不便な女かもしれない（皆さんごめんなさい）。ちなみに東京暮らし初期の頃は、電報で連絡を受けると駅前まで走って行って公衆電話から相手にかけるという具合だった（東横線都立大学駅）。

しかし、もともと個別のトランシーバーなんてのは、映画の中で機密組織が使っていたような特殊な小道具であって、しかもそんなドラマチックワールドでも終盤では身ひとつになって、己の勘《かん》や五感をフル活用した機転の利《き》いた一撃をもってエンディングを飾るわけだから、結局のところガジェット（日本語で表すと何だろう、小さな持ち歩きできる機械装置？）は、人間の必須アイテムというわけでもないんじゃないかと私は考える（二〇一三年現在）。

謎を謎のまま胸の中で膨らませたり萎《しぼ》ませたり、延々と脳裏を駆け巡らせたりとしている内に生まれるそれら独特のリズムや色香は可愛らしい。たとえ正解とはほど遠いものであったとしても、そんな自問や渇望《かつぼう》や想像は人生を彩る財産になると私は想う。

しかし私だって過去には、基本的な通信手段の導入については一通り挑《いど》んでみたりもしたのだ。が、突き詰めれば突き詰めるほどに不毛は不毛だという自分なりの感覚を歴《へ》て、FAX付電話機でこと足りる生活に落ち着いた（留守電機能搭載）。

このようにギリギリの水準には達しているとはいえ、世間からはずいぶん遅れをとった私文明であるから、今現在あなたがどのようなものをどのような形で欲しているのか、よくわからない。切実に歌をうたっていれば届くというバトルフィールドでもないような気もする。

目まぐるしく変貌を遂げる現代社会で生き残ることはとても難しく無謀なことのようにも想う。順応するしないも個々それぞれの適性能力に加え、努力や忍耐も要し、更には運や風向きまでも関わってくることだろう。

なぜかな？　私は絶滅してしまったマンモスや上手に交尾できないパンダのことなんかを考える。時代に選ばれたものや時代にしめ出されるもの。

「あの海に、もうジュゴンはいないのだ」

そう聞いた。私は泣いたりしない。引き止めて苦しめるつもりはないんだ。たとえそれがどんな形であれ、あなたの幕引きを、私は受け入れるだろう。あなたが安らかなら、私はそれでいい。

さよならも届かない。

ただ、ここにはこうして机に向かい、右手にペンを持ち、原稿用紙の枡目《ますめ》をひとつひとつ埋めて、あなたに近付こうとしている女がいるという真実が、まだ、ある。

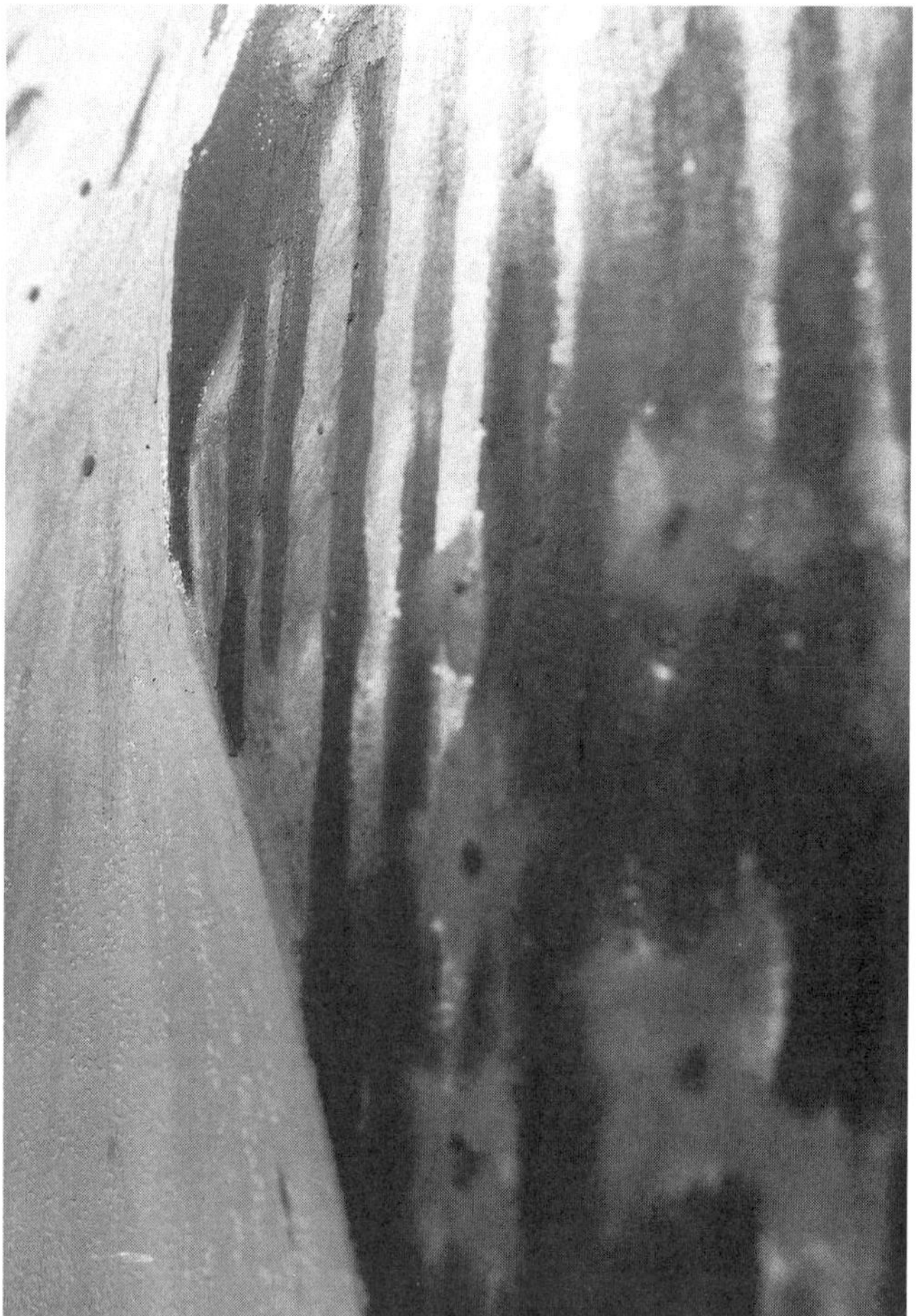

満員電車

電車のない土地で生まれ育ったから、未《いま》だに電車は苦手の部類に入る。乗り換えはもちろんホームの反対側への行き方もわからなかったから、ある時は道を渡るようにポンと線路に降りて駅員さんにこっぴどく怒られたこともある。沖縄は一人一台の車社会だから、充分なパーソナルスペースが確保できない満員電車はとんでもない恐怖だった。

しかし、平日の始発から午前九時半までの間に設けられる女性専用車両の存在を知ってからは、そんなに早く出掛けなくていい日であろうと、わざわざその通勤ラッシュの時間帯を狙って、満員電車に乗りこむようになった。

女性専用車両というのは読んで字の如く、基本的に女性だけの乗車が許される車両のことだ。朝のそれは、とても良い。そこら中に洗いたての、フレッシュなピカピカの女の人が犇《ひしめ》き合っているんだもの。右によろけてもふわりとやわらかい。左にバランスを崩してもほんわりいい匂い。

満員電車に乗る時、私はできるだけヒールの高い靴を選ぶ。十センチあれば身丈は一七五センチにも伸びる。頭ひとつ飛び出た高い場所から私はゆっくり沢山の女の人を眺めることができるのだ。

大学生だろうか、ピチピチと弾ける細胞の粒を抑えきれないといった元気な肌が眩《まぶ》しい。昨夜は夜更かしをしたのか無防備にぽかんと口を開けて居眠りをしている。この子は今日どんな一日を過ごすんだろう？ どんな素敵な出来事が待っているんだろうと考えるだけで私の胸はキュンと鳴るのだけれど、いやいや、このくたびれ具合は、もしかしたら、朝帰りかもしれない！ 動き出した街に何とか身を任せて夢の中から現実へ戻ろうとしているんだ。そんな夜をどれぐらい越えてここに座っているんだろう？ 私のそんな夜はどこへ行ったろう？ 若いっていいな、と思う。いっぱい迷っていっぱい泣いて、そしていつかきっと、やさしい夜に辿り着くんだよ。満員電車の中で私はぐぐっと涙をこらえる。

目線を移すと、パリッとアイロンのきいたシャツにスーツをピシッと着こなして綺《き》麗《れい》にお化粧をしたキャリアウーマンもいる。きっちりと引かれたアイラインに塗りたての口紅。こんな朝っぱらからしっかり身支度の整った女の人を見ると、背筋がシャンと伸びる気がするものだ。

綺麗な女の人がいる国は良くなるだろう、と思う。私が男だったらはりきって働くだろうから。一般的に沖縄の男が働かないと言われるのは、こういう光景が足りないせいなのかもしれない。沖縄は暑いからかそんなにきっちりお化粧をしている女の人をあまり見かけない。そのままでも不足のないほど顔立ちが濃いということもある。私の知っている沖縄の女たちはヨーロッパの女たちの印象に似て、素肌を見せたままでも平気だ。日焼け止めを塗っていればもう上等という感じ。

〝すっぴん〟という言葉に人はとても反応するけれど、私はここ最近までその意味があまりわからなかった。人相が変わるほどのお化粧なんてそんな大袈裟な、と思っていた。沖縄の女たちは雨に降られても汗だくになっても、タオルでごしごし顔を拭《ぬぐ》った後も、そう人相なんて変わらない。移動しない逞《たくま》しい眉毛があって、バッサバサと風を生むようなまつ毛で縁取られた大きな目があって、肌はいつもしっとり、じっとりと保湿されている。シミもシワも私の人生私の一部というスタンスの先輩方ばかりだったから、隠すとか消すとかそういうことにもピンとこなかった。

ところが、満員電車に揺られて毎日綺麗な女の人たちばかりを見ていたら、私もお化粧をしたくなってきたというわけで——いよいよ時が来たのだとでも言おうか。プンプン鼻につく香水の匂いにどうも敬遠していたデパートのお化粧品売場へ、いざデビューを飾る運びとなった。

拭き取り化粧水、マッサージジェル、肌色コントロール下地乳液、リキッドファンデーションとパウダーファンデーション、仕上げ用のお粉、ハイライトとシャドー、何でも試させてもらえる。知らないことがいっぱい。次から次へと並ぶ新兵器には驚きの新発見がざっくざく。女の人ってすごいなぁと感心する。

しかしなぜだろう？　どこでお化粧をしてもらっても私の顔はちぐはぐに見えた。うーん。こんなはずじゃないのだが……。お化粧向きの顔ではないのか？　まつ毛をカールするためのビューラーを見ただけで涙が出てくる上に、マスカラを塗ったらしぱしぱしして目を開けていられない。すぐ目をこするし鼻をかんでしまう。うむむむ、早々と足を洗うべきかお化粧道？

半ば諦《あきら》めた気持ちで最後に立ち寄ったコスメティックカウンター。もうだめもとだ。ビューラーとマスカラを使わずにアイメイクをしてみたいとリクエストをしてみる。「え？　マスカラは必須ですよ」と丸めこまれるだろうか？　ところが私の予想とは裏腹に若い男の子が快く応《こた》えてくれたではないか。そしてアイラインとアイシャドーパウダーを使って、私の目をこれまで見たこともないような、しっとりした目元に仕上げてみせたのだ。お見事。まつ毛の際《きわ》に本当にミリ単位の手仕事。これは上手だなぁと思った。何より私の顔がちぐはぐでなかった。

あんまり感心している私にその男の子は、「難しく考えたらメイクするのが楽しくなくなってしまうから、あまり考えないで、メイクを楽しんで下さい」と慎ましやかに微笑んだ。何と、メイクとは、隠す消すのネガティブよりも、楽しむというポジティブな作業だったとは。自分の顔で自分の意思で工夫で楽しめることだったとは。

女の人ってすごいなと思う。私も女だったなと襟《えり》を正す。何事に対しても〝楽しむ〟

ということに不馴れながらも、そのポジティブに挑戦してみる。

時には凛《りん》ときめて、男どもを働かせてみよう。あなたの美しさは毎日をきっと好転させる。

美しい女たちへ。満員電車で会いましょう。

りんごジュース

猛暑の真っ昼間。鋭い日差しを浴びて緑に燃えるような桜並木の坂を、事務所に向かってえっちらおっちら歩いていた。葉っぱの虫喰いの細かな穴までくっきりと映し出すようなその坂の木洩《こも》れ日《び》が好きだ。数日間の沖縄帰省から戻ったばかりだったけれど、いやいや東京のほうがよっぽど暑い。汗だくのぐだぐだ。下着までびしょ濡れ。年がら年中温かい飲み物ばかり好んでいるけれど、さすがに冷たいものが飲みたいと心から欲した。

さあ、坂を登り切った、やはり冷たいものが飲みたい。すぐ左手にある店でジュースを買おうというその時だった。ぼんやりとした存在が右手からふら〜っと近づいて来たかと思うと、蚊の鳴くような弱々しい声で何か言った。ん？ 何？ 立ち止まって向き合わなければ聞き取れない。車の行き交う音を掻き分け掻き分けどうにか言葉を手繰《たぐ》る。何が言いたい？

「りんごジュース、飲みませんか？」

なるほど、それは新手のナンパではなく、りんごジュースの移動販売というわけだった。

ぼんやりとお客を呼び込むお兄さんと、りんごジュースを詰め込んだ車のトランクを開けて試飲と会計を担当するこれまたぼんやりとしたお兄さんの二人組。キツネにつままれたようだったけれど、しかしジュース！　今、まさに欲していた冷たいジュース。りんごジュースなんてそれはまた爽やかではないですか。そうそうジュースが飲みたかった。ストローでキュッと二〇〇mlほど。

「サイズはこれだけです」

りんごジュースは一〇〇〇㎖、しかもビン詰めの常温。熱中症になりそうなお昼時に、こんな坂の上で、こんなにかさばってこんなに重そうなジュースをどこの誰が買ってくれると期待してここに車を停めたんだろう？　氷でも入れてカップで売ったほうが賢明だろうに。

「配送もやってるんです」

いやいや、こんな炎天下で五分先のことを考えるのは無理。今よ、今、生き延びたいの。私は今すぐ飲める小さなジュースが欲しかったんですと断った上で、それでも差し出されたりんごジュースを試飲することにした。ぼんやりお兄さんはちっぽけな試飲カップにちびちびとジュースを注ぐ。もうちょっと太っ腹に注いだほうがお客の舌も心もつかめるぞ、と思いながらもちびっと飲み干す。それはとても微量すぎて、なかなか味わうどころではなかったけれど、うむむ、りんごの皮の味までするほどりんごそのものだ。おいしい。おいしいりんごを一口かじったみたいな瑞々《みずみず》しさ。

「りんご酢もあるんです」

続いて試飲カップに注がれたのはハチミツ入りのりんご酢。まずはそのままで、と言うのでそのまま口をつけたが酢は酢だ。酢っぱい。くううと眉根を寄せた私に、ぼんやりお兄さんがクーラーボックスから得意気にジャーンと出して見せたのが？

「牛乳です。牛乳で割るとおいしいんです」

ぼんやりお兄さんごめんなさい、私は牛乳が苦手なんです。あ、でも、豆乳、豆乳

でもきっとおいしいですよね、私みたいに牛乳が苦手な人でも豆乳でね、おいしく飲めますよね、とさり気なくフォロー。しかし、

「豆乳……？　豆乳だと……ちょっと、味が薄くなってしまう……かな？」

なんと、ぼんやりお兄さん弱気発言。いやいや、牛乳で割るイコール牛乳で薄める、でしょ？　豆乳でも一緒よ、いっそ「豆乳ですとさらにヘルシーにお召し上がり頂けますよ」と言いなさい！　セールスセンスゼロ、お兄さんがんばって！

「青森のりんごなんです。あちこち回って売ってるんです」

え？　わざわざ青森から来たの？　そりゃ大変だ。

「いえ、三鷹から来ました」

えーっと、三鷹も都心からはちょっと遠いけど、ん？　青森のりんごジュースを、三鷹から売りに来た、のね？

「青森のりんごです」

うーん、つっこみどころ満載、その上ぱっとしないセールストーク。うう〜ん、一〇〇〇㎖のビン詰めジュースはやっぱり重そうだ。セミが暑いぞ暑いぞと鳴いている。

どうしたものかとしばし考えたが、結局私は事務所で会うスタッフへのお土産《みやげ》として三本のりんごジュースを買った。一本八〇〇円。ついさっき坂を登り切った時に買おうとしていたのは、ストローで飲めるパック入り二〇〇㎖のジュース、せいぜい一〇五円。三本のビン詰めジュースは重くて重くて、すぐそこにあるはずの事務所までの道のりがとてもとても長く果てしなく感じられた。腕に三ℓの重みがくいこむ。バケツの水を頭からかぶったようなびしょ濡れの汗だくで、私はその日やっと事務所に到着した。思いの外スタッフが喜んで重いビン詰めジュースを一本ずつ持って帰ってくれたのが幸いだったけれど。

そしてその翌日、お休みの日のことだ。洗濯用洗剤が切れそうになっていたので、近所の薬局へ買物に出掛けた。あと三、四日は困ることはなさそうだったけれど、時間がある時にこういう用を済ませておけば、未来の時間がない私に感謝されること請合いなものだから。そういうわけで家の近所を歩いていた。するとふいに、ふら〜っとぼんやりした影が私の右手側から近づいてきて、蚊が鳴いた。

「りんごジュース、飲みませんか?」

またしてもりんごジュース売りのぼんやりお兄さん二人組。またしても真っ昼間の焼けつく日差しの下。やっぱりセミも遠くで鳴いていますミンミンミーン。私、昨日も買いました。一ℓの重いビン詰めジュース八〇〇円を三本買いました。

「あ、昨日はありがとうございました」

はい、そういうことですから、洗濯用洗剤も重いし、ね、それじゃあ、もう行きますね、さようなら——しかし、通り過ぎてから立ち止まって自分の腕に問うてみた。一ℓ一本ぐらいなら、まだ持てるんじゃないか?

結局私は引き返して、一ℓのビン詰めジュースを一本買った。ああ、重い。でも、りんごジュース一本八〇〇円という価格はどうやらぼったくりではないらしい。だってぼんやりお兄さんがこの暑さの中、昨日と同じ服を着ていたのを私は見たのだ。きっと八〇〇円は青森のおいしいりんごをジュースにして三鷹から都心に届けるための精一杯の良心的価格なのだ。よくわからないけれど、青森のりんごを汗だくになって三鷹から売りに来てくれた人がいて、それを味わえるという幸わせ。

家に帰ったら冷やして飲もう。猛暑の大都会、甘酢っぱいりんご畑の風が吹く。氷がカランと鳴るだろう。グラスいっぱいにりんご畑の花が咲く。
ああ、しかし。ぼんやりお兄さんに明日もばったり出会《でくわ》したらどうしよう。

大人のお仕事

季節がまた巡ってしまった。

私たち大人が、子供たちに見せてやれるものは何だろう？

暑い暑いとこぼしながら夏の高校野球を見ていたかと想えば、もう秋になってしまった、のくり返し。

がんばれ、がんばれ、と子供たちを急《せ》かしておいて、じゃあ大人たちは何をがんばったと言うのだろう？

「ああ、お願い、勝って！」「おじいもおばあも喜ぶよ」「沖縄に元気を！」高校球児にハッパをかけた。

「あんたたちが負けたって、どうってこたぁない」「何も心配しないで楽しみなさい」とは言ってやれない自分。

大人たちの作った暗いニュースを自ら一掃することもできずに、手を叩いて子供たちにすがっている気がして泣けた。

不甲斐《ふがい》ないったらありゃしない。

何も解決できてないのに、何も見せてやれるものがないのに、子供たちから元気をもらおうとして、子供たちにばっかり夢を押しつけて。「ごらん、これが君たちの〝美《ちゅ》ら島〟だよ」って「大丈夫！　これが未来だよ」って、私たち大人は言ってやれないのに。

そうこうしてる間に時間だけが過ぎてしまう。

どうしたもんかなあ。

悪者の役って大体どれも同じ顔。物語が始まる前から悪さするってわかってる。国を治める大人たちはそれと同じような顔に、私には見える。

でも、種類でいうと私もその〝大人〟のひとりだ。〝子供〟じゃなくなってもうずいぶんが経つ。

私は今、どんな顔してるんだろう？

地団駄《じだんだ》踏んでも季節はまた巡ってしまう。

子供たちはまだ私たちを信じてくれるだろうか？

大人たちは今、「信じて」ってそう胸を張れるんだろうか。

まだ弱々しい小さな肩に、これ以上希望の光を背負わせて鎖につなぐのは終わらせなければと想う。希望は見出すものであって、足かせにされるものではないはずだ。

何も背負うことはないと言いたい。

なのに、ごめんね。

大人の力が足りてないんだ、全く。

新しいピルエット

毎月それが近づいてくると、逃れることのできない腹痛と腰痛と頭痛と激しい倦怠《けんたい》感《かん》。

一年で数えればたったの十二回。そう考えると何とか乗り越えられる気がするけれど、やはり毎回毎回それに直面するのは女性の大変な大仕事。十代ではもっての外、二〇代でもまだこんな話を晒《さら》すなんてことは無理だっただろう。しかし、それを語れるぐらいになった。

先日、花柄のスカートを汚した。それも中学生の失敗並みに華々しくスカートを汚した。

毎月のお仕事とはもう何年ものつき合いになる。何となく折り合いはつけてきたはずだし、大体の流れは把握できていると思いこんでいた。キャーッとトイレに駆けこんでも思いの外大惨事には至っていないという感覚や、まあ大丈夫だろうという時間軸なんかは、さすがにこの年にもなれば摑《つか》めていたはずなのに、それなのに、の、大失態。

開き直ってしまえば、女は大変なんだとか、男も理解すべきとか、当たり前のことなんだから、とあれこれ言えるのだけれど、でも、やっぱり人間だから恥と神秘は大事にしたい。

自然の摂理なんだからといって何でもあけっぴろげになっていくのは、どこか受け入れ難《がた》いのだ。

立会出産反対派、痛がる顔なんか見せずに女は一人で成し遂げよ、という風潮の家系に育ったせいか、私は必要以上に女の領域に立ち入られることを嫌悪する。今時の出産の話や生理用品のコマーシャルの内容にも全くついていけない。メルヘンだけでは困るけれど、女の神秘はまな板の上に開げて隅々まで解説されるものでなくてもいいのではないかと思う。

全てを見せることが、語ることが、わからせることが、正しいということではない。

見えないところに想像が生まれ、語られないところに営みが垣間見え、わからないところに努力が生まれて、女は女の神秘を守り、男は男の神秘を貫いて、そうやって仲良くしていけないものだろうかな、と思う。

とは言ってもままならないのが常。神秘も何も台無しの大失態を演じた私。子供が見たらホラーのスカート。お気に入りの花柄は目茶苦茶。そこまでの大惨事は初めてのことで、そんなひどい姿の自分を鏡の中に認めたら、私はきっと一分先には崩れ落ちて、泣いて落ちこむのだろうと容易に予測できた。ああ、私は落ちこむのだと。ところが、私はしばしボー然とした沈黙の後、くるっと回って笑い出した。自分で驚いたけれど「あははははは」と笑って、またくるりとひと回り。何だかとてもおかしかった。

今更こんな失敗をするんだと、もう愉快なほどおかしくて、まだまだな自分が情けなくて可愛くて、それまで一度も味わったことのないどうしようもなさと愚かさとを感じた。

中学の制服のプリーツやスカーフや、体育着の汗の匂いや、机に掘った穴に詰めた消しゴムのカスや、校庭の砂がザッと空に舞い上がる瞬間。このところわざわざ引っぱり出して確かめてみることもなかった遠い記憶が、プツプツと体中から溢《あふ》れて零《こぼ》れるような、そんな不思議なくるくるぱー。

汚れたスカートを洗面器の中で洗いながら私はまだ学習するのだと、まだ何も上手く熟せないのだと、胸がドキドキした。

というわけであるからして、神秘を守りきるには中々どうしてという日々なのだけれど。昔は飛び降りてしまいそうな失敗も、いつの間にやら「あはは」になんてなって、体をひらりと回転させる力にもなるのだから。そうね、それもここまで生きてこそできた回転《ピルエット》だと思うと、まだまだ未知のダンスがこの先にあるのだと、新しい回転《ピルエット》に「うふふ」とそっと想いを馳《は》せる、そんな今日このごろであります。

欲求

歌うとは、自分を知ること。
撮るとは、対峙《たいじ》すること。
演じるとは、甦《よみがえ》ること。
描くとは、心のまま。
書くとは、人を知ること。

憧れの神器

通例の借家は二年で更新となる。引越しが好きな私はその時期を待たずに次の借家へ移るから、更新料を払ってまで留まったことはないんじゃないだろうか。

引越しは大掃除も断捨離も叶う一石二鳥の身辺整理。いつの間にやら増えてしまった物や服や靴をずらっと並べて、友達を呼んで好きな物を持って行ってもらう。だから私の周りにいる人たちは皆、見覚えある私好みの物を身につけていることが多く、「それ、いいワンピースだね」なんてうかつに褒めると、「こっこからもらった物だよ」と返されてしまうことがしょっちゅうだ。自分の手元を離れたそれらを客観的に見て、なかなかいい買物をしたなぁと鼻をふくらませることができるのも、それを素敵に着こなしてくれる友人たちのおかげ、というわけですね。

さて、親元を離れてからというもの今回が何度目の引越しになるんだろうか。またしても転居の時を数日後に控えて、少しウキウキしてきた。

我が家のカーテンは変幻自在。お気に入りのシーツや譲り受けた布地なんかを、行く先々の窓の大きさに合わせて、折りたたんだり広げたりして吊るして使ってきた。唯一私が持っている〝カーテン〟といえば、高校時代に友達が手作りで仕立ててくれた、水色のビロード地のもので、ピンク色の飾り布をあしらった象たちがアップリケされたゴキゲンなデザインがお気に入り。これは何度ほころびをついではいで使ってきたかわからないぐらいの年季の入りようだ。

一番古い家具は、天板がタイル貼りになっている正方形のテーブルと二脚の椅子のセット。東京で初めての一人暮らしのお祝いにと、これも友達から贈られたもの。タイルの目地をまめに修復しながら大切に使っている。子供がお腹にいる時に買った大きなパイン材のテーブルは、のちに仲間たちと白いペンキを塗って丁寧にヤスリをかけ、味わい深い風合に仕上げた思い出いっぱいの宝物。

もらったものから購入したものまで、部屋をしつらえる家具やインテリアには並々ならぬ愛着があるのだけれど——電化製品、そう電化製品にはさっぱり無頓着な私。

パーソナルコンピューター一代目は、画面を見ているだけで頭痛がして、三日ともたず人に譲った。二代目はちょっとした手違いで、でも結果的にはぶん投げて全壊。三代目は液晶画面にピキリと亀裂が入り、コンセントから火花が散ってボンッと煙を吐いて没。家の電話はよく故障するが、修理工が見ても原因がわからないと言う。米は鍋で炊くから炊飯器もないし、食洗機を欲しいと思ったこともない。どうしても必要な電化製品はとにかくボタンの数が少なくてわかりやすいものを選ぶ。電源の入、切、弱、中、強。もうそれ以外の操作はお手上げだからだ。

しかし、そんな私が冷蔵庫のリニューアルについて、今考えている。

冷蔵庫の中で次々に迫り来る賞味期限が常に気がかりでならない私は、これまで身の丈に合った小さな冷蔵庫でせつせつとやりくりをしてきた。お料理エッセイ本も出したことがある料理好きが、よくまあそんな小さな冷蔵庫でやってこれましたね、という感じもするけれど、大きな冷蔵庫に甘えてどんどん食材を詰めこんでいくのは、同時に賞味期限のプレッシャーもどんどんふくらませることになるような気がして、どうしても大きな冷蔵庫に手を出すことができないでいたのだ。他所《よそ》の家に行って大

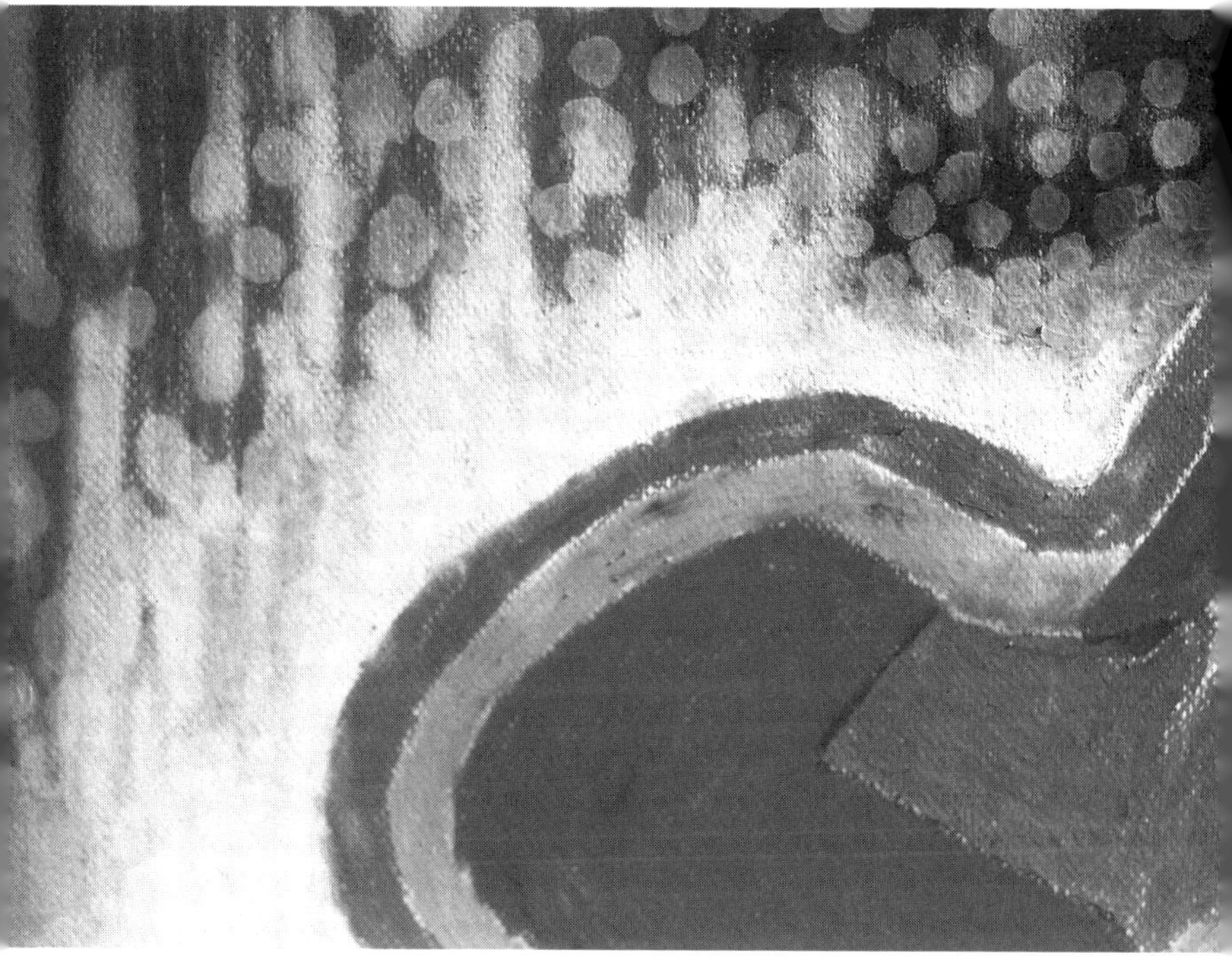

きなそれを見ると少しうらやましく思う反面、私にはとても庫内を把握することはできまいと縮み上がっていた。

そんな私が「そろそろいいかな?」とふと思ったのだ。買物カゴに収まるだけの質素な毎日の買物もいいけれど、たまにはカートいっぱいに生ものを買って、どーんと冷蔵庫に保存する買いだめなんてのもいいのかな、と。いやいや待てよ、買いすぎには注意、私の買物は徒歩。今だって買物袋が重くて手がちぎれそうだよと途中泣きそうになって、実際泣く泣くいくつかの食材を取り出して、そこらへんのポストの上にちょっと置かせてもらって家に帰る、残してきた食材を取りにポストに戻る、あれれ?じゃがいもとかぼちゃはどこへ消えた? ということもよくあれば、置き去りにした食材のことをすっかり忘れてしまったということもよくある。これじゃあ大きい冷蔵庫だ何だ以前に、自転車か何か移動手段の問題だろうか?

東京一人暮らしの冷蔵庫一代目は、レピッシュというバンドの現ちゃんからもらったお古だった。一人暮らしを卒業して「女と暮らすことになったから大きい冷蔵庫に買い替える」と言う現ちゃんが譲ってくれた小さな冷蔵庫だった。私もいつか「男と暮らすことになったから買い替える」なんてかっこいいことを言って、一人暮らしを始める若者に小さな冷蔵庫を譲ってみたいと思ったものだけれど。いやあ、まだまだですね。まだまだだけど。

さあ引越しだ引越しだ。新しい道を場所を人を、自分を、冒険する。

現ちゃん、私もそろそろ、大きい冷蔵庫買うよ！

車掌さん

山手線に限らず、割とどの路線でもあることだけれど、これは山手線でのお話。

自作自演のなりきり車掌さんが、車内アナウンスを完全コピーして元気一杯にお勤めをしていた。次の停車駅はもちろん、乗り換えその他の案内もパーフェクト。発着時の身振り手振りもバッチリ決めて絶好調、というところで、

「次は～、ハワイ～、ハワイ～」

え⁉　大崎の次ってハワイなの？

「お出口は左側です～」

しかし残念、停車すると右側のドアがプシューと開いた。私は笑いをこらえながら電車を降りて、車両に残っているなりきり車掌さんを振り返る。

もうこらえきれずに大笑い。なりきり車掌さんは、がっくりと頭を垂れて座席にへ

たりこんでいた。痛恨のミスか、そこは品川駅。

「おおっ、ハワイに着いたぞ～」

私はハワイだハワイだとはしゃいで階段を駆け上がり、そして改札を出た。飛行機雲が一筋。ハワイにも繫がる空。

車掌さん、お勤めご苦労様です。

おめでとう

久しぶりに仙台へ行った。ダンスの東北大会に出場する友達の応援を兼ねて、日曜日を利用した弾丸日帰り小旅行。今回はライブでも復興ボランティアでもなく、ただぶらりとお気軽な観光客。

沖縄から外に出る時は飛行機だから〝他所《よそ》へ行くには手荷物検査〟という感覚がすりこまれている。以前、東京から岩手まで車で行った時は県境に税関がないことに驚いて、不法侵入で捕まりやしないかとひやひやしたものだ。いくら旅馴れても県境は摩訶不思議《まかふしぎ》。陸続きの本土は広いなぁといつも思う。もし大陸に生まれていたら私は目を回していただろう。島生まれには島生まれ特有の陸面積に対する感性があって、それは端と端が常につかめているというか、ここまでが陸、あと一歩で海に落ちるみたいな前後左右の危機感。県境でつんのめって何歩か余分に足が出てしまってもそこにも陸地、というのは私にいわせてみれば海を割る十戒レベルの不思議感覚。

いくつかの県境を無事に越えて到着した仙台。なんと、大会に出場した友達は優勝した。嬉しくて嬉しくて飛び上がって喜んだ私が「おめでとう！」と駆け寄ると、「ありがとう」なんて言うから、ううん、こんなに気持ちの良いおめでとうを言わせてくれてこっちがありがとうだよ、と思った。

市内はお祭りで賑《にぎ》わっていた。前回は吹流しをいっぱい見て、今回は御輿《みこし》を沢山見た。出店で東北グルメを食べ歩いて、何て健全な観光客なんだろうと自画自賛。この街でまた歌えるのはいつだろう？　と仰いだ空に、パレードで撃ち鳴らされた鉄砲の音がドーンドーンと吸いこまれていった。

以前、一般のボランティアに混じって避難所のお手伝いに行った時、その集落でCoccoを知っている人は二人ぽっちだった。おじいちゃんたちは女子大生が大好きで、おばあちゃんたちは若い男の子に介助してもらいたがるから、ライブで歌えばせめてもう少し喜んでもらえたものだろうけれど、ただの私がお昼を配ったり掃除をしたりするのは、大学生ボランティアの活躍よりあまり喜んではもらえないなと感じた。

避難所の集合場に住民が集まった時のことだった。私の隣に立っていたおばあちゃんが偶然にも音楽フェスのTシャツを着ていた。おそらくそれは支援物資でそこまで巡ってきたものなんだけど、Tシャツの背に印刷された出演者リストに発見したCoccoの文字。一緒にボランティアに参加していた友人がめざとくそれに気付き、「この人、ここに名前の出ている歌手なんですよ」とおばあちゃんに私の説明をした。するとおばあちゃんは「ふうん」と言って、先週は元宝塚の人が歌いに来たのよすごいでしょ、と自慢気に言い返してきた。どこで歌っているのかと問われたけれど、私は劇場専属でもないしどこかと言われたらさてどこだろう？　ライブハウスとかホールとか？　あまりぱっとした答えは見つからなかった。

催し物が終わってビラ配りと点呼を頼まれた私が住宅棟を歩いていると、さっきのフェスTシャツのおばあちゃんがご近所さんと井戸端会議をしていた。

「この子は歌手らしいよ」

そんなような紹介をされて輪に加わると、紅白歌合戦に出たことはあるかと聞かれた。

「いや、紅白はないですね」

じゃあ、何だ、ほら、レコード大賞は？

「いや、レコード大賞もないです」

私はおばあちゃんたちに説明できるような大きなわかりやすい軌跡というか成果みたいな、そういうものをひとつも持っていないんだなぁと思った。

「がんばって賞とったら、今度はここに歌いに来なさいね」

おばあちゃんたちに激励されて私のボランティアは終わった。

賞を狙った時点で不純だみたいな考え方をする人もいるけれど、賞をもらうということは自分のためというより、関わってくれた人たちへの恩返しではないかと私は思う。東京では孤高だとかカリスマだとか形のない冠も通用するけれど、地方に行くとそういうぼんやりとしたものは全く効力がない。ワンマンライブをはじめ、地方のホールを埋められるのは、お年寄りにも認めてもらえる明確な受賞歴だと痛感することがある。

賞なんかいらないと言うほど賞に挑んだことはないし、賞なんて意味がないと言えるほど受賞した経験もない。賞を得たこともない者が賞を否定するのは負け犬の遠吠えでしかないとも思う。

もちろん賞が全てではない。そんなことはみんなわかっている。でも賞の明確さでしか物事を計れない人もいて、そしてその中に私の歌を必要としてくれる人がいるかもしれない、なんてこともあるやもしれぬ。

とにかく私は、おばあちゃんたちの激励にしっかり「はい」と答えたから、これはちょっと、何かがんばってみなければ、と、胸の内でこっそり思っている。

「おめでとう」に「ありがとう」は、清々《すがすが》しい気持ちのやりとりであることに間違いない。私はみんなに「がんばれ」と言わせてしまっている。がんばっている人にがんばれだなんて、言う側にも限界があるというものだ。「おめでとう」と言うのは嬉しいことだって私は知っている。夢中で応援した人に「おめでとう」って言えるのは、とっても素敵なことなんだもの。

お祭りの街を歩いていたら、目の前にひょっこり〝本日二億円出ました〟という宝クジ売店を見つけたから、友達の優勝というめでたさにあやかって宝クジを買った。東京の友人たちへのお土産として、そして私にも一枚。

宝クジが当たったら、ホールをおさえて送迎バスを出すから、そしたら、フェスT

シャツのおばあちゃん、賞のないＣｏｃｃｏの歌でも聞きに来てくれるかな？　でもそれじゃあ、宝クジに当たって「おめでとう」になっちゃうか。

帰りの新幹線は席がなくてデッキに立ちっぱなし。歩き回ってへとへとだったけれど、私はえいえいおーってな具合いでスクワットをしながら、いくつもの県境を颯爽《さっそう》と越えた。

ジュ・テーム・モワ・ノン・プリュ

フランス人のエドワード君がセルジュ・ゲンズブールだったら、私はすぐさま荷物をまとめてパリへ渡っただろう。かの微乳アイコンに勝るとも劣らないこの平らな胸を、スターダムにまでのし上げてくれるという手が差し伸べられるとしたら、私だってそれにしがみつきたい。マイクの前であっはんうっふんと悶《もだ》えるのにも抵抗はないのだから。

自力で木を切り倒し、舟を造ってそれを操縦し、嵐に向かっていくのにはほとほと疲れてしまった。時には誰かの舟に乗っかって、甲板で優雅にシャンパングラスなんか傾けてみたい。

エドワード君とは九年前にイギリスで出会った。私の通っていた大学入試対策クラスに、パリの大学生だった彼が休暇を利用した短期留学でやってきたのだ。初日のそのパリジャンのことを私はよく覚えている。ひょいっと両眉を上げて、何てことはないという澄まし顔をきめこんでいるのに、首から上はたった今風呂から上がったといった具合いに上気していた。首をすっと伸ばし、なで肩を更になで下ろした格好で両手を軽く机に置いて受け答えするのだけれど、質問に答える間にその顔はみるみる湯気を上げ、それこそ茹《ゆ》でダコのように真っ赤になる。ツンと引き上げられた額には冷や汗が滲《にじ》み、くせのある薄茶色の髪はたちまち縮れ上がって、クラスが終わる頃にはアフロヘアになってしまうんじゃないかと心配するほどだった。私は初めて見たそのパリジャンがあんまりおかしくて、ノートの隅に〝エドワード君〟という似顔絵を描いて笑ったぐらいだ。

主に十代のヨーロッパ人が勉強していたクラスで、社会人の私はここぞという居場所を見つけられずにいた。聞いたこともない小さな国から来ていた落ち着きのある女性、トリーシャは、英語を学ぶための当たり障りのない会話——たとえば、何をするのが好き？　スポーツが好きです、といった類《たぐい》のやりとりを越えてすぐに何らかの議論——たとえば政治とか人種問題について容赦なく十代をぶった斬るのでクラスでは浮いた存在だった。そこにザ・パリジャン・エドワード君の出現とあって、煙たいこの成人三人衆は、いつの間にか面倒臭いトリオとして教室の一角に席を固められるようになっていた。

先生も私たちの挙手をなるべくスルーして授業を進めたがった。単語や文法から脱線して私はすぐに感情論に走るし、トリーシャは語源のグリーク（ギリシャ語）についての難しい質問で詰め寄るし、エドワード君はフランス訛りがうっとうしい上に話が長い。私たちは、誰もが避けたい面倒臭いトリオだったのだ。

ある日の昼休み、私は自宅に戻って昼食を済ませようと思っていたので、十代の子供たちが大騒ぎでカフェに移動するのを見送ってから最後に教室を出ようとしていた。するとそこには面倒臭いトリオがぽつんと残っていて、トリーシャもエドワード君もそれぞれ一人で何か食べに行くと言うから、私はこう声をかけた。

「家は歩いてすぐよ。簡単に何か作るから食べに来ない？」

はぁぁ……、この時の二人のウルウル潤んだ瞳といったらもう。私は仔犬でも拾ったのかと思った。

極端なフェミニスト思考のため料理をしないという母親をもつエドワード君は、たかがサンドイッチとはいえ、台所でてきぱきとランチの仕度をする私にすっかり胸をときめかせてしまったのだろう。それを境に彼のアプローチは始まった。

エドワード君はガラス細工のように繊細で、ラベンダー畑にそよぐ風のように優しい青年だった。短期留学を終えたエドワード君がパリの大学へ戻り、私がイギリスで進学した後も、更には日本に帰って来てからも、友達という関係に納得してくれた上でのつき合いだったはずなのに、便箋《びんせん》が焦げてしまうぐらいの熱烈なラブレターを何通も送り続けてくれた。私が歌手だとわかった後は、沖縄のライブに来てくれたり、東京に駆けつけてくれることもあったのだけれど。

それでも私は、エドワード君に恋をしなかった。エドワード君が求めているのは母親だとわかっていたからだ。私は自分の舟にもう一人の乗客を増やすなんてことはとてもできなかった。私にはそんな器量はない。小さな舟はもういっぱいいっぱいなのだ。沈没しそう。だって、どちらかというと、助けてセルジュ……なんだもの。

先日、おもしろがって行った占いで手相を見てもらうと「あなたは守ってもらいたいのに、自分が助けなきゃいけないような男にばっかりつかまって失敗している」と言われて、その場にいた友人たちも全員一致の大爆笑をした。

男は救いたがり、女は許したがる。そのどちらかに特化できればいいのだろうけど、人は救いたがり救われたがり、許したがり許されたがるのだ。ボタンのかけ違えなく世の中のピースが全て、これだ！　とはまればいいのに困ったもので。これだ！　と思っても、結局それではなかったという更新に更新を重ねてここに至る。

さてと、屁理屈《へりくつ》抜きでそろそろ恋がしてみたい。真っ当な恋がいい。好きだと叫びながら自転車のペダルを思いっきり漕げるような、それを見送る人みんなに手を叩いて応援してもらえるような。

しかし、しかしだ。子供のご飯そっちのけで夢中になれることなんて、はたしてこの先あるのだろうか？　十四歳の息子は「がんばれ」と言う。「you can do it!」きっとできるよ！　なんてぬかす。おむつしてたくせに生意気だ。

でも、こんなんでも、仮にも私は、女だから。そう、きっといつの日かできると信じることにしよう。

エドワード君が、でっかい潜水母艦に乗った肝っ玉母さんみたいな人に、早く救助してもらえることを願いつつ。

メッセージ

仕事柄、あちこち飛び回るから飛行機には飽きるほど乗ってきた。

高い所も苦手なわけじゃないし、危機感もさほど持ったことがない。

しかしいよいよ「……墜《お》ちるかも」という状況に直面したライブへの移動中。

乱気流⁉　冗談じゃないぐらい揺れた。上へ下への大騒ぎ。こんなの普通じゃないでしょ⁉　手にしていたお茶も宙を舞う、悲鳴轟《とどろ》く空の旅。

「わお、……墜ちるかも」

あ、今、死ぬんだ、と意識した。自分の意志とは関係なくシートベルトにくくりつけられた運命？

「わお、……」

必死に身を屈《かが》めてシートにしがみつく客席を眺めながら、私は、考えた。

さあ、何を残す？

人生最後に、何を叫ぶ？

パニックもピークの機内はもうスローモーションにも見える。そして、私は想い出した。

なるほど！　私は、書いた！

飛行機に乗る前に、「愛してる」って書いたぞ。それだ！

「あ、じゃあ、いいや」

と、想った。最期かも、と想った時に残したい言葉はそれだけだった。「愛してる」以外は浮かばなかった。私は、驚くほど穏やかだった。

物事はシンプルなのかもしれないと気付いた。あれこれ面倒臭いことがいっぱいなようで、案外、本当はシンプルなのかも。

言いたいことは、残したいことは、伝えたいことは、たった一言なんだ。

「愛してる」

それがわかっただけで今日まで生きてよかった。

だから、今日も明日も、シンプルに生きられたらと願う。

飛行機、墜ちなかったから、欲張って、もう一言、追加。

「ありがとう」

慰《なぐさ》め種《ぐさ》

突然の病に倒れた父親の看病のため、彼女は一人暮らしの東京自宅のマンションと実家のある横浜とを頻繁に行き来し始めた。早くに母親を亡くし、「私はきっとお父さんから生まれたの」と言うほど父親っ子だった彼女だ。あっという間に届いたその父親の訃報《ふほう》は、彼女の深い悲しみを察するに充分だった。

日が暮れてからゆっくり電話をしようと思った。今日の今日の出来事に私まで混乱してダメージを煽るようなことはしたくない。

もう、少し落ち着いたころだろうか？　何か温かい飲み物で一息つけただろうか？　風呂場に子機を持ちこんで深呼吸、彼女は電話に出られるだろうか？

「大丈夫か？」とは言えない。大丈夫なわけがないのだから。何コールまで数えよう？

と、彼女に繋がった。怒濤《どとう》の一日が終わろうとしているそんなふとした静けさの中に、一人ぽつんと放り出された、丁度そんな瞬間の彼女と電話が通じた。実家の古民家に一人。お父さんのベッドがまだ温かい家に一人だ。私は明日そっちに行きたいのだがと告げた。明日、行ってもいいか？　と聞いたのに、彼女は声をふり絞るように「今、来て」と言った。ザバーンと水しぶきを上げて私は湯船の中で立ち上がる。耳には子機を当てたまま、片方の拳を太股《ふともも》の横に固く握りしめた勇ましいポーズでだ。

「今、行く。すぐだ！」

濡れた髪の水滴をピュンピュンと飛び散らせながら私は横浜へ向かった。途中、コンビニで馬鹿げたお菓子やら怪しい美容ドリンクやらを大きなレジ袋に四つ分買いこんで、古民家のチャイムを鳴らす。玄関のドアを開けた彼女は何度も何度も「ごめんね、ごめんね」とくり返した。私は怒っているぐらいの強い口調で「謝るなー！」と言ってドカドカと家に上がりこみ、ふざけた買い物の品々を台所のテーブルの上に並べた。それを大きな冷蔵庫にポンポンと詰めこんでいく。

「うわ〜、コンビニみたいだ」

彼女は少し笑った。

その日の出来事については話さなかった。誰かの恋愛事情だとか将来の老人ホームだとか、積み立てや旅行だとか、いつもランチで話題にするようなことをただたらたらと、大量のお菓子をつまみながら話して、目がひっくり返るぐらいまで他愛ないお喋《しゃべ》りをして、そして寝ることにした。

私は手を合わせた。こんな日に私が近付くことを許してくれた彼女に感謝した。

誰かの悲しみに寄り添わせてもらえることは、究極のところであまりない。どんなに親しくても、どんなに夢をわかちあっていても、どんなに愛し合っていても、親族でなければ手を差し伸べることも許してもらえないことが多い。それが配偶者や血縁者といった枠を持たない者の一番の弱みであり孤独だ。どんなに約束をしても、どんなに一緒にいても、冠婚葬祭ともなると無力で立場がない。

手を握っていたかった。見届けたかった。さよならを言いたかった。でもそれは親族の輪から外れている者には叶わないことがある。私は〝密葬〟という隔離された儀式に何度も涙をのんできた。駆けつけても、飛んで行っても、頭を下げても、会えない。ちゃんと言えなかったさよならは、消化されることなくずっと残ってしまう。この胸にそれが残っている。泣こうが癒《い》えもしない、時が経っても膨れあがるばっかりの宙ぶらりんの別れが。それを抱えたまま、その傷口をぱっくり開けたままで、生きなければならない。別れのない別れは残酷だ。別れは、これからのために、生きていく者のために、必要なことなのだから。

彼女の敷いてくれた布団の懐かしい匂いでもって、私は一瞬のうちに眠りに落ちた。彼女が眠るまで見守っていようと思っていたのに、なんともはや。

翌朝、葬儀場に安置された彼女のお父さんに会いに行った。彼女のセレクトでご機嫌なアロハシャツを着たお父さんは、きれいな顔で眠っていた。ウクレレが上手な、彼女の自慢のお父さんだ。

送り出すことは辛い。でも、彼女と彼女の妹は二人で立派に喪主を務めた。毅然《きぜん》として立ち回っていた彼女が最後の挨拶《あいさつ》で声を詰まらせ泣いてしまった時、参列者も皆せきを切ったように泣き出した。もっと泣いていいんだと私は彼女を見つめる。もっともっと泣いていい。謝らなくていい。側《そば》にいさせてくれてありがとう。まだ、もっと泣いていい。泣かなきゃ別れを消化できない。もっともっと泣いていいんだ。そして、また言ってほしい。「今、来て」と私を呼んでほしい。すぐに飛んで行く。今度は眠るまで起きてる。側にいさせてほしい。私が、側にいる。

フレンドシップ

みずへ！

陸部のときはたくさん迷惑かけてごめんね…
私はみんなの応援でとても励まされました。
だから辛いときもあったけど、めげなかったよ。
5年生の一年間、大変だったと思うけどお疲れ様。
これからもお互い幸せな人生
を生きていこうね。　桃花。

渋谷から乗ったバスの中で拾ったお手紙です。運転手さんに届ければよかったのに、大事に手に握りしめたままバスを降りてしまいました。五年生とあるけれど、とても小学生とは思えない、大人びたきれいな字のお手紙です。封筒の裏には、二頭のイルカが地球に見立てたボールで遊んでいるようなシールが貼られてあります。大切な友情のお手紙だと思うので私の所で預かっています。小学生がこの本を読むだろうか？お心当たりのある方、お知らせください。

二〇一三年　六月

おくればせながら

キザなイタリア人が、一輪の赤いバラを手に玄関のチャイムを鳴らしたので、お引き取り願った。

私はあの赤いバラを贈られると心底がっかりしてしまう。花といえば赤いバラというその固定観念と先入観がどうも解《げ》せない。それは私に花を贈るという気持ちよりも、花を贈る自分に酔った自己満足ではないか、と思ってしまうからだ。

しかし、赤いバラに感激して喜ぶ女たちもいる。何て素直で純粋でやさしいんだろう。そういう女に私もなりたい、なぜなれない?

どんどん自分が嫌になってしまう。赤いバラを差し出されてデートに誘われたら、yesと言える女でいたいのに。

長年連れ添ったマネージャーから赤いバラの花束を贈られた時は泣いて怒ってし

まった。なぜこれだけ一緒にいて私の話を聞いていないんだろう？　好きな花や嫌いな花の話や、色々なエピソードや、あれ？　この間の会話も、何？　何も聞いてなかったの？　人を責める自分が嫌になる。どうして赤いバラで喜べないんだろう。

でも、赤いバラだけではない。丁寧にアレンジされたスイトピーの花にも泣いたことがある。大好きなスイトピーなのになぜ駄目だったかというと、花のすぐ下で茎を短くちょん切られたギロチンアレンジだったからだ。

緑色のオアシスぎっしりに挿《さ》されたスイトピーをひとつつまんで引き抜いてみると、茎が五センチもなかった。私は体中にバババッと鳥肌が立って、まるでギロチン台の前に立たされている気がした。思わず床に落としてしまったスイトピーの傍《かたわ》らにしゃがみこんで、おいおいと泣いた。何てひどい花の受取人だろう。

私は贈り手の気持ちを汲《く》みとれない自分勝手な、それこそ誰よりも自己中な女だ。花を贈ってくれたという事実だけを素直に受け止めて「ありがとう」と心から言えないひどい女だ。なぜこの色なんだろう？　この組合わせなんだろう？　なぜこの花なんだろう？　このアレンジなんだろう？　こんなかわいげのない脳みそで理屈ばかりこねる女に、もう一体誰が花なんか贈ってくれるというんだろう？　一体いつ、本当に心から嬉しくてありがとうなんて言えるんだろう？

私はどうも花がとても好きなようで、だからとても花にはうるさい。大地に根づいたブーゲンビリアや、だだっ広い草原に揺れるシロツメクサをこの目に焼きつけてきたからだろうか、自分が花になったような気分になって、花束の拵《こしら》え方だけで人を判断してしまえる悪い性分だと思う。自分勝手な線を引いて自ら喜びを失って、そしてそれに嘆いているという始末なのだから。こんな女、嫌だ。

何も勘繰《かんぐ》ったりしないでただ感動できればいい。何も心配しないでただきれいだなと想えればいい。なのに、あーあ。脳みそには余計なシワが増えすぎた。

家の近所には、赤いバラにも涙を流して喜びそうなやさしい女たちが育てた花が沢山咲いている。私は日々それを愛《め》でて歩く。頑丈なアロエは火傷《やけど》に備えて我が家にもあるし、ゼラニウムの面倒ぐらいなら見れる。放っておいてもお水さえ絶やさなければ伸びるゴーヤーはベランダに植えてみたりもするけれど、私はどちらかというと、外を歩いてあちらこちらに咲いている花を眺めるほうが好きだ。そういう花が、好き。

　ある朝、きっかけなんか忘れたけれど、ささいなことでキーッとなった私に怒鳴りちらされて息子は学校へ行った。その後の私の一日は案の定最悪。どんどん自分に嫌気がさして、どんより暗い顔をぶら下げて仕事に出掛け、ますますひどい顔になってトボトボいつもの道を帰ってきた。あんな朝だったから夕方になってもまだバツが悪い。どんなテンションで息子に接しようかと重いカギを開けて玄関に入ると、すでに学校の鞄を放り投げて遊びに行った形跡があった。誰もいない家では取り繕う努力もいらない。私は一人お風呂にこもって、存分にめそめそすることにした。

　それからしばらく経って指先が完全にふやけてしわくちゃになった頃、ふと風呂場のドアがノックされて、いつの間に帰ったのか「開けていい？」と息子の声。私はお湯に浸かったまま腕だけを伸ばしてドアを開けた。するとそこに片膝をついた息子が、プロポーズをするような格好で、青いバラの花を差し出したから、青い……青い？

　青いバラ！　白いバラに青い水を吸わせて人工的に着色した、私の辞書にはない、全くない部類の花。透明のラップとアルミホイルで包まれ、ぺらぺらの赤いリボンが結《ゆ》わえてあった。添え物には見るも無惨にしおしおのぱーになった黄色いスプレーバラ。傷《いた》んで処分するしかないものを、か弱き少年の花束に加えてくれた花屋の痛々しい親切は一目瞭然だった。私はさっき、その花が売られている店の前を歩いて帰ってきたところだ。

「愛してるよ」と言って渡された。

「青いのは、花屋のおじさんのお勧めだって」

息子はそう説明した。うん、そうだろうね。あのお店のね、パンチパーマのおじちゃんね、お勧めしそうだね。

「黄色いのはおまけだって。すごいでしょう?」

うん、商店街を歩きながら、こんな花誰が買うんだろう? って、横目で見ていた。ほとんど枯れかけたスプレーバラと、あまりにひどい青いバラ。全くひどい花束。それはそれはひどい。

でもね、そんな言葉は全部のみこんでしまった。うれしくてうれしくて、ありがとうしか出てこないんだもの。うれしくてうれしくて、心から「ありがとう」と言えた自分が、本当に本当にうれしかった。

再び一人になったお風呂場で、しばらくわんわん泣いて、泣いて、そして、なるほど、わかった。問題は花じゃなかったんだ。「愛してる」があれば、こんなにうれしいんだとわかった。これまで私に贈られた全ての花をもう一度残らず拾い上げて、片っ端からいそいそと撫でて口づけしたくなった。心から、ただやっと、この一言を言えたことがうれしかった。

「ありがとう」

魔法の素敵な言葉だ。愛してるとありがとうが、私はとても好きだ。大切なのは愛。「愛してる」を感じとれる心。

私に、お花を、ありがとう。

余白

首を痛めて全く動けない日々を過ごした。毎日治療に通って、やっと起き上がれるようになると、無性に体を動かしたくなって、近所の社交ダンス教室に行ってみた。どんな時でもやっぱり心か体は踊っていなきゃいけない。生きているという実感は、心躍るか身体が踊るかのいずれかで得ることができるからだ。

社交ダンス教室にはおじいちゃんおばあちゃんがいっぱいで、「オホホホホ」と笑いながらダンスをしていた。しばらく見学をしてみたけれど全く退屈であくびが出る。私のダンスはこれではないと思った。別のダンスを探そうとその場を退散しようとしたところ、三〇分の無料体験レッスンで実際に踊ってみては？　と勧められる。それは真に「Shall we dance?」。よし、せっかく来たんだし、どうせなら一〇〇パーセントこれではないとふん切りがついたほうがいい。ダンスシューズを借りて腹を括《くく》る。

フロアにエスコートされてワルツを踊った。右足左足何が何だかわからない。はて?それがワルツだったのかも定かではない。しかしびっくりして、とてもびっくりして、泣いてしまいそうになった。なぜならその時、私はリ、ー、ド、さ、れ、る、という経験をしたからだ。

右折をしようとすれば右折のウインカーを出す。前方後方を確認してアクセルを踏み、ハンドルをコントロールして右折する。バックをするならバックミラーで後方確認。ギアを変えて障害物との距離を計りながら注意深くバックする。それは全部、自分で判断して実行する。地図もない自分の人生の舵取《かじと》りの全ては自分にかかっている。時に隣で「もっと右だよ」と教えてくれる人があればいい。「真っ直ぐのほうが近いよ」と導いてくれる人がいればいい。だけどそうもうまくはいかない。人は一人で頑張ることが多い。察知も確認も回避も後処理も、責任を果たさなければならないことだらけ。

私は今も鮮やかに思い出す。父親のバイクに乗せてもらった保育園の帰り道、土曜の午後。私は目を閉じて風だけを感じた。父親という力強い存在が操縦する世界に守られて、目を閉じて風を感じている内に家に着いた。私は両手だって広げることができて、何ならずっと、ずっと青い空を見上げていることだってできたのだ。私は絶対に国道に投げ出されたりしない。私は絶対に守られていて、そしてどんどん進んでいく。私は地球の上で守られていて、そして地球の上をぐんぐん進んで行ける。その安心感と疾走感は、子供の頃にしか得ることができないものだった。赤ん坊を抱っこしたお母さん。赤ん坊は守られ、目を閉じ、でもお母さんが歩いた分だけ進んで行ける。

私の体はもう母親の腕に収まらなくなり、父親の胸に守られてバイクに跨《また》がれるほど小さくはなくなった。人は大きくなり、大人になり、いつしか自分がこの腕に何かを守る番になるのだ。目を閉じている間に済んでいたらいいのにと思っても、一部始終目を開けて見届けなければならないことが増える。大人になるってそういうことだ。指をパチンと鳴らしても汚れた部屋は片づかないし、税金を収めなきゃ督促状《とくそくじょう》が来る。

大人になってリードされるということがあるなんて思ってもいなかった。女性の人権や何だかんだが主張されるようになり、解放されればされるほど、女は一人でハンドルを握るようになった。確かに、自由は何ものにもかえがたい喜びでもある。一人大声で歌いながら行くドライブは、素晴らしい時間のひとつだもの。

リーダー（男性）、パートナー（女性）、社交ダンスではそう言う。男女の秩序が保たれた適切な言い方だと私は思う。男性がリードして女性は美しく舞う。現実社会ではもう滅多に見られない形式だ。

目から鱗《うろこ》のペアダンスに魅了された私は、東京でダンスを教えている中学の同級生の下に通いだした。こんな棒きれみたいな体つきで情熱のラテンダンスを習っている。ラテンダンサー独特のあの女豹のような動きには程遠いけれど、私は学んでいる。リードされるための心得や準備を学んでいる。

リードされたいのなら、リードを受ける態勢を整えておかねばならない。世の中は give and take だ。give（与える）ばっかりだとこぼす時は、自分が take（もらう）という余白を持っていなかったともいえるだろう。Give, give and give が好きだけれど、与えるばっかりじゃあ、いつかどこか空っぽになってしまう。

私が運転する私の車は、私しか乗れない、そういう車だったのかもしれないと思った。助言する人が乗る余白もない小さな小さな車。誰がリードをする隙も、誰のリードを受ける隙間もなかったのかもしれない。ガチガチに固めたその車を作ったのは、紛れもなく私自身だった。

リードが欲しいなら余白を作って備えるべし。理性でガチガチ、自尊心でガチガチ、こんな世界でダンスとは、何て原始的で爽快《そうかい》なことだろう。

手当て

あれはいつだったか、子供がまだ言葉もままならないぐらい幼かった頃のことだ。母（私）と子供（息子）たった二人の生活の中で、そりゃあ大なり小なり様々な事件があり、壁にもぶちあたれば石にも蹴《け》つまずき、底なしの泥沼にもあれよあれよとずぶずぶはまってしまう、そんな毎日だった。

どうしたことか、まあ、母にとっては大変な出来事があったのだろう、私は台所の床にしゃがみこんで泣いていた。そこへよちよちとやってきた息子が何も言わずに私を抱きしめて、背中に回した小さな手をトントントンと打ったものだから、私は泣くのを忘れるほどびっくりしてしまった。背中をやさしく手で打ってなだめるなんて技を、どうしてこんな小さな子供が知っているんだろう？　トントントン――「どうして？」――トントントン――もう、再び「うぇーん」で号泣だった。

「どうして?」

しかし、そうか。人はされたことをするようになり、言われたことを言うようになるものだ。「パッパー、ブーブ（車）」と言っていた子供がある日突然「メーよ（ダメよ）」と言い出した時、私は自分が一日どれだけの「駄目!」を連呼していたのかと反省したことがあったっけ。

背中にあてられた小さな手のトントントンを思い出して、私は母親に、父親に、そしてお姉ちゃんに感謝をした。知らず知らずにトントントンを知っていた私は、知らず知らずにトントントンができる人になっていたということだから。

「親になればわかる」とは、どこの誰もが耳のタコの上に更にタコができるほど聞かされてきた、それこそうんざりしてしまう台詞《せりふ》のひとつだけれど。時々、ひとつひとつ、うやむやにつかえていたその固りがふわりと溶けて、胸の奥で光に変わることがある。花を探す、風を読む、雲を追う。知らず知らずこの体に染みついていること。どこに居ようと覚えていること。

青い空を、コバルトの海を、眩しい太陽を、輝く月を、私は知っている。雨雲を、荒れ狂う波を、日照りを、暗闇を。血に染まった砂浜を、生き埋めの珊瑚《さんご》を、国道を走る戦車を、戦闘機の爆音を。私の見た全て。私の島の成り立ち、私の生い立ち。抱えきれないものが多すぎて、乗り越えられないものが山のように立ちはだかっている。だけど、お手当てトントントントン。やさしく手を当てトントントントン。私は感謝する。憎んだもの、嫌悪したもの、消してしまいたいと願ったもの全て、その全てに、もはや感謝せずにいられようか？　だって私は知っていたのだ。憎んでも、ひねくれても、覚えていたのだから。悲しみに、痛みに、手を当てること。私の出会った全ての手。私を抱いてくれた愛しい腕。そしてこの体がいつの間にか伝えていたこと。手当て。トントントントン。

手当ては言葉を越える。何もかもをポーンと超越して、こんなにも確かに、心に温かい火をともす。

——手を、当てたい。手を当てさせてほしい。この手が、小さな手が、あなたの手が、きっと光を永遠に繋いでいくのだ。

届くかな？　今、この手を、あなたに。

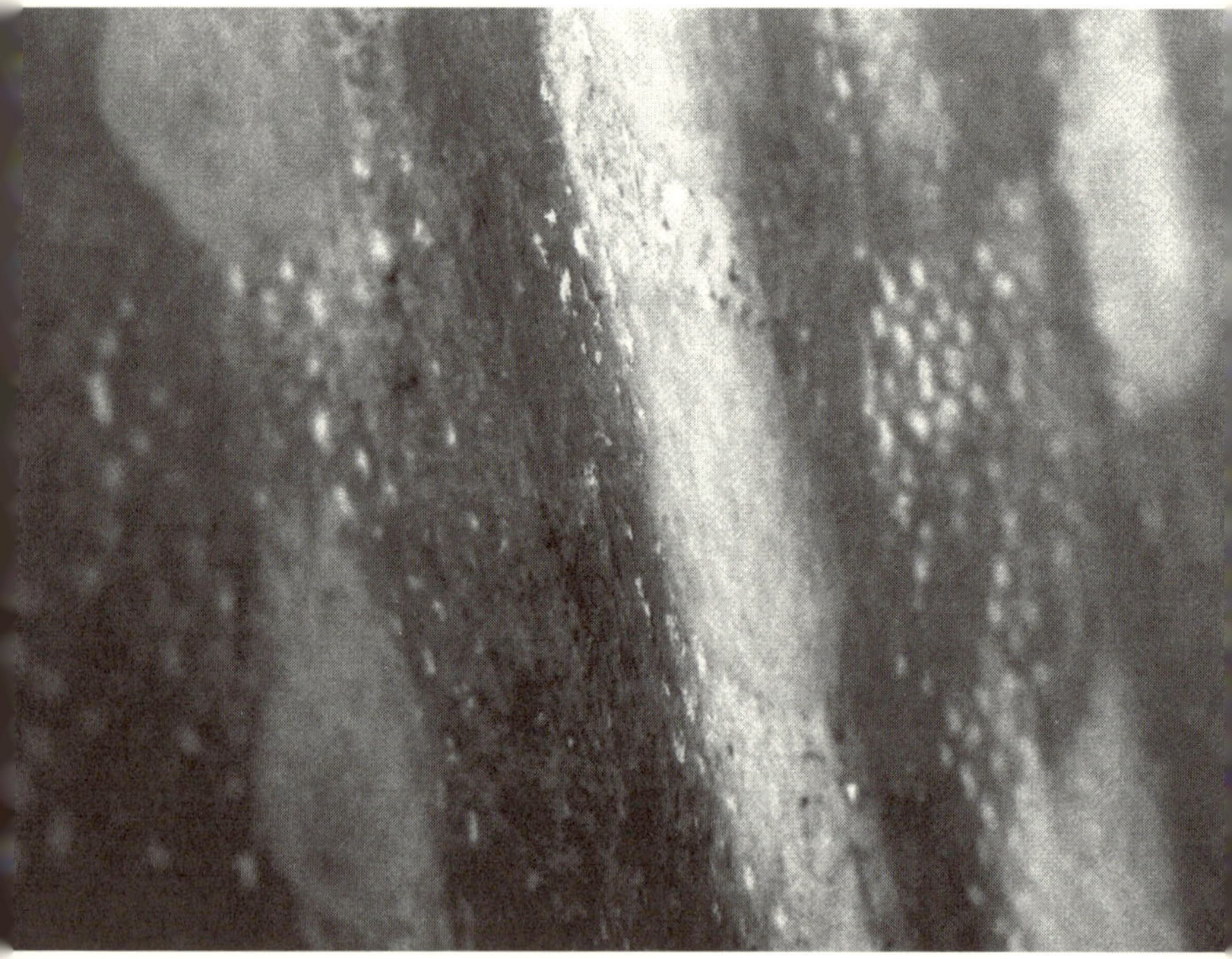

天下無敵

バレエのことについて書くのは容易なことではない。バレエに夢中だった青春時代。それはまだ想い出にもできないほどの生々しい輝きを放って、今なお私を打ちのめし、魅了し続ける「夢」そのものだからだ。

生後七カ月で立ち、そしてすぐに踊り出したという私は、いつでもどこでもとにかく踊っている賑やかな子供だった。私に対する初対面の印象を「踊っていた」と古い友人たちは皆口を揃えて言う。

自己流の怪しい踊りを一日中一人でひたすら楽しむ。ついでに歌も口ずさむ。日に日に踊りはヒートアップ。私のあまりの不可解なムーブメントを案じた母親が、病院に連れて行くべきか悩んだという笑い話もある。

たとえば、アイドルや映画スターのダンスを真似るという一般的な衝動だけでは飽き足らず——両手を広げて空を仰ぎ、首をぐるぐる回す、どんどん回す。遠心力で体も揺れる、もっともっと揺らす、空に通じる、倒れこむ、そのまま地面をのたうち回ってぐるんぐるんと転がる。気が済むまで転がる。やがて目を回してパタリと動かなくなる。心配した大人が抱き起こそうとすると、パッとバッタのように跳ねて、直立。今度は静かに体をくねらせて蛇のようにくねくね。手首を九〇度カクンと曲げる、肘《ひじ》をカクン、膝をカクン、そしてまたくねくねと伸び縮みをくり返す。一日中、全くそんな調子だった。

真っ青な空から太陽がジリジリと照りつける日のこと。学校でのテスト中、頭の中に音楽が鳴り響き、それに合わせて踊り出したことがある。カンカンに怒った先生に連行された職員室でも音楽は鳴り止まず、制止を振り切って最後まで踊った私はナチュラルボーン変人ダンサー。言うまでもなく問題児だった。

自己流ダンサーだった私が、念願のバレエ教室に通わせてもらえたのは小学校六年生の秋だった。バレエを志す者にとっては遅いスタートだということはわかっていたから、私はクラスの誰よりも貪欲にレッスンに取り組んだ。どうにかレッスン日を増やしてほしいと先生に直談判《じかだんぱん》して、毎日レッスン場に入り浸り、それこそバレエ漬けの数年を過ごした。

しかし、頑張っても、努力しても、神頼みをしても、コンクールでは結果を残せず、いつまでたっても芽の出ないバレリーナだった。一緒に踊っていた仲間は有名な舞踊団に合格し、後輩たちは海外へ渡りプロのバレエダンサーになったのだから、環境に不足があったわけではないことは明らかだ。バレエの才能もないナチュラルボーン変人ダンサーが、身の程知らずにトウシューズやチュチュに憧れ、盲目にバレリーナという偶像を夢見ていただけのことだった。ただの毛虫が、蝶に憧れて必死に飛び方を練習するようなものだったのだろう。

それでも往生際《おうじょうぎわ》悪く、心機一転。どこかにあるであろう私の舞台を探し求めて大都会東京に上陸。しかし、私の踊る場所はどこにも見つけることができなかった。ことごとくオーディションに落ちて、いつしかトウシューズを脱ぎ、他の生活に身を投じて、夢を夢のまま夢見たまま、すっかり大人になってしまっていた。「子供の頃から憧れてたものに／なれなかったんなら／大人のフリすんな」とはハイロウズ。私は生涯大人のフリをすることもできない。真っ直ぐな歌を聞く度にチクリチクリと胸が痛んだ。私はずっと挫折《ざせつ》したまま、なりたいものになれなかったつまらない大人の一人になってしまったのだから。

もう二度とバレエの舞台に立つことは叶わないのだと、想えば想うほどに腫《は》れ上がる夢。しかしそれはもう土台無理な話なのだ。一日レッスンを休めば取り戻すのに一週間はかかるといわれるバレエの世界で、レッスンから遠ざかったこの二〇年近い年月は絶望的としか言いようがない。

——ところが、だ。ところがそこに、だ。ところがそこに、降って湧いたご褒美が舞いこんできたものだから、私はその場で気が遠くなるほどぐるぐる回りまくってしまった。バッタのようにパッと跳ねて、直立。先生からのお手紙。沖縄で通っていたバレエ教室の発表会で、踊らせてもらうことになったのだ。「ぎゃあぁ」と叫んで、バタンと倒れて、ポックリ逝ってしまいたいとさえ思った。

私は久しぶりに喜びの頂点を感じた。雲を突き抜けて頂《いただき》から見渡した世界は——何と、美しい。青葉はチラチラと真っ白な光を散らして、命の泉の如く輝き、車のクラクションは「ハッピー！　ハッピー！」と歓声のように街中に響き渡っていた。

夢は世界を変える。目に映る色や、耳に届く音や、夜や、次にやってくる朝の気配までも一変させてしまうのだから。

すぐさま沖縄へひとっとび。懐かしいバレエ教室へ向かった。もう動かなくなってしまった固い体、衰えた足首。レッスンの後は文句なしに全身の隅々まで激しい筋肉痛。ベッドへ沈んだが最後、とても起き上がれやしない。それでも世界で一番幸福な痛みに溺れて口元がゆるむ。私はバレエが好きだ。下手の横好き、飛べない毛虫のナチュラルボーン変人ダンサー。

二泊三日で二〇年振りのレッスン、あとはもうぶっつけ本番を待つばかり。もちろんこんなの正式なバレエなんてとてもとても言えないのだけど。でも、私は大丈夫。根拠のないおかしな自信がメラメラとみなぎっている。バレリーナにはなれなかったけれど、私は踊ることが好きだ。知りうる限りの生命活動の中で、一番好きなことなのだ。

踊りは生き様だから、大丈夫。ここまで必死に生きてきたと胸を張れる。だから私は、どんなに無様《ぶざま》でも大丈夫。さあ、生き様だけで挑む。勝っても負けても私はうれしい。

私は、やっと知る。夢はこんなふうに私を変える。

「大人になったら／セミは飛ぶんだぜ／子供のままでいるんなら／死ぬまで暗い土の中」

異議なし。無様であろうと私は飛ぶ。

冬将軍

「東京で凍傷になる人なんて初めて見た！」

足の指がどうにもおかしくて、病院に行ったらそう言われた。裸足の歌姫も年貢《ねんぐ》の納め時ときたか、五本指靴下が手離せなくなった。寒がりの私は、家の中でもダウンジャケットとムートンブーツというフル装備で万全を期していたというのにこのザマだ。

鼻の頭をピンッと弾かれるような冬の冷たい空気が大好きなのに、体がついてこない。将来は暖かい南の島で暮らしたいというお年寄りの言葉を、しみじみと噛みしめて深々と頷《うなず》けてしまえるようになった。

いわゆる〝寝なくても動けた頃〟というのは、股引《ももひ》きや腹巻きとはまるで縁がなかった。靴下もいらないぐらいだから、荷物も持たずにどこへでも行くことができたものだ。

寒くても気合いとやらで乗り切れる不思議な力があったし、そこらへんにあるものを引っかけて着るだけでそれなりの格好にはなった。おおよそのことにおいて、ゴリ押しプレーが通用した人生の黄金時代といっていいだろう。一〇〇円のマニキュアを塗ってもかわいい指先、安価のサンダルを履いても、雑な縫製のTシャツを着ても、それを補えるだけの眩しい肌。オロナインで完治してしまうあらゆる傷。そんなんだから、世の中に存在するそれ以外の物ははなはだ無駄で、贅沢で、馬鹿らしいとさえ思っていた。ジャッキー・チェンのように、白い石鹸《せっけん》ひとつで顔も髪も体も洗うみたいなことで、それでいいんじゃないか、と。

ところがそんな私のタンスにこのところあっという間に増殖した、靴下や股引きや腹巻きといった防寒グッズコレクション。笑ってしまう。

明日なんかいらないなんて言いながら、今日の今日まで生きてきた。あなたなんかいらないなんて別れておきながら、ずっとあなたを想ってる。雨が降ってしまえばいいなんて叫んだのに、雲間から太陽が覗《のぞ》くとほっとする。もう、笑ってしまう。

何を見逃していて何が手遅れなのか、まだ決定的な決断は下せないけれど。それでも、ちゃんと起きて動いて食べて眠れば、五本指靴下他もろもろのおかげもあって、私の足の指は体温を取り戻すことができた。かつて「要らない」と切り捨てたものに救われた形だ。

でも、見渡せばまだまだある。世の中に存在する無駄で贅沢で馬鹿らしいもの。だからこそ、世の中にはまだまだありがたいことがいっぱいあるのだということ。ずっと前からちゃんと沢山いっぱいあったんだなあ。

おかしな話だけれど、私は足の指一本一本に語りかけるようになった。

「ありがとうね。大事にするね」

年を重ねるということは、大切なものが増えるということかもしれない。自分の末端にまでありがとうと言える。生きていると、愛しいものが増えていく。落葉も枯葉も、そしてだからこその若葉も。あの子もこの子も、あれもこれも、どれもこれも。世界がこんなにも愛しいなんて、こんなに涙が出るなんて、あの頃は知らなかったよ。

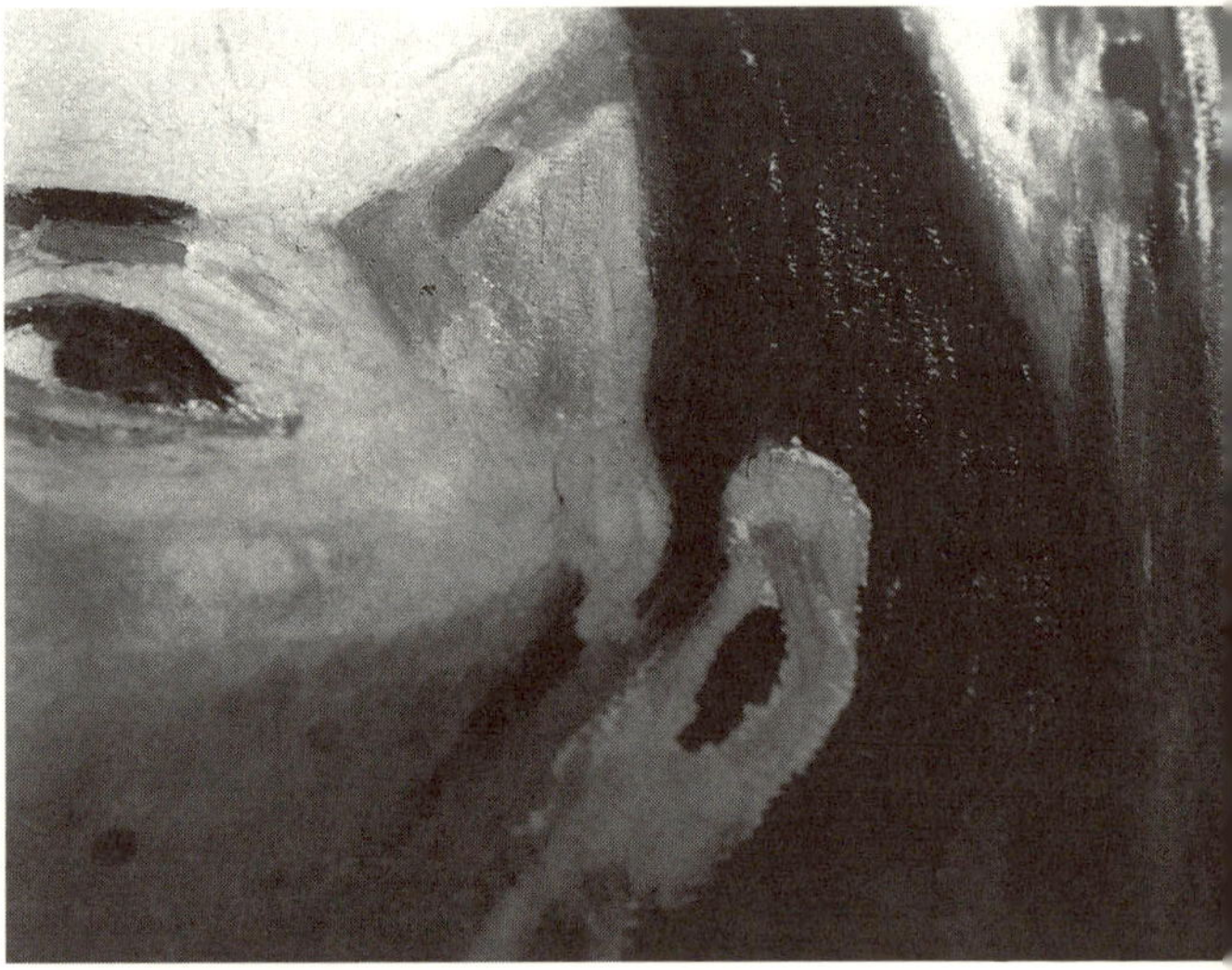

ヒント

鈍感力で生きなさい。

（会社員　女）

感情的にやっちゃうのは、芸術面ではいいけど生活面ではダメ。それを自由に操れるようになれないと。

（会社経営　男）

そうだ京都行こう。

（会社員　女）

自分にも人にも、律儀すぎるのはやめたほうがいいんじゃない？

（会社員　男）

変幻していく芸術を楽しもう。

（システムエンジニア　女）

死ぬ人って、自分で死ぬポイントを決めてる。あきらめたところから早い。

（自営業　女）

みんながどう思うか、自分がどう思うかは別物。

（休職中　女）

贈ったことを忘れるようなプレゼントってすごいじゃないですか。お母さんのご飯とか洗濯物たたんでもらったのとか。

(出版社勤務　女)

委ねられる人間は現れると信じるしかない。これだけ人間いるんだから、いると思わない？

(会社員　女)

あんたね、悪いけどバカになんないとだめよ。バカになるって大切。人間はみんなバカなふりして仕事してる。自分を守る殻をもってみんなやってんの。

(会社員　男)

たまには熟成させるのもいいですよ。一年は寝かせましょう。

(アルバイト　女)

生活と仕事は場所を分けなさい。

何をするにしても色んなことに気がつく。それは結構、異常レベル。

（会社員　男）

何かを作らないで我慢してる時期も重要だっていいますよ。バネもぎゅっと押したらびょんってなるみたいな。

（会社員　男）

まずは体力。

（会社員　女）

何もしなくていい、本当に。がんばって、じっとしてて。

（会社員　女）

（会社員　女）

力を抜く。

（レコード会社勤務　男）

家族の中に天才がいるのはきつい。

（手芸作家　女）

「生存視聴率」

（ジャーナリスト　男）

夢が叶った！　って瞬間、あとはもう荒野じゃないですか。だったらずっとずっと歩いて行けるほうが、ね。

（出版社勤務　女）

ちゃんここ〜

（元業界人　男）

入れ替わったら？　まあ、カラオケには行くよね、ふふふ。

（会社員　男）

でーじ愛してるって言いたい。

（アルバイト　女）

才能って預かり物だから、いいことないです。いやなことばっかり。でも才能から全てをもらってることも事実だから、いいことじゃないですか？

（会社員　女）

私は見たいです……あの、ステージでグーしてるところ、見たいです。

（デザイナー　女）

ラブレター

芝居を観るという行為はなかなかおもしろい。舞台上の〝設定〟を、演じる側も観る側も互いに甘んじて受け入れ、その〝ごっこ遊び〟に信憑性《しんぴょうせい》を見出し、感覚を再生させ、新しい〝瞬間〟を創っていく。

たとえば一反の布を上手《かみて》から下手《しもて》に渡し、ゆらゆらと波打たせ、名もない川としたり運河としたり海原としたりする。または舞台に一筋の照明を差して水面にするもいい。ただの布を海と設定するも、ただの明かりを波打ち際と置き代えるも、それで全く問題のない世界なのだ。生きた赤ん坊を駆り出してくるまでもない。ただの砂袋であろうと、それは百姓の子にも神の子にもなりうるのだから。それがお芝居だ。そしてそれを塩《しょ》っぱくするも上等にするも役者の腕にかかっている。役者冥利《みょうり》に尽きるとはこのことだろう。

しかしどうしたことか、何から何まで与えられるばかりの哀れな世の中、人は度を越えたリアリティーばかりを求めすぎる傾向にある。かつては動かないはずの車を想像で動かし、日が暮れるまでドライブできたはずなのに。ましてありもしない車を自分で創造して乗り回すことだってできたはずなのに、だ。

極端なことを言えば、舞台に本当の雨を降らせる必要はないと私は考える。たとえただの暗幕《あんまく》をバックに立っていようと、篠つく雨に打たれているように見せるのが役者の仕事なんだもの。上手を北国、下手を南国として、離れ離れの境地を嘆く。そこに何マイルだの実距離を取る必要はない。それが舞台というものであり、演劇の醍醐《だいご》味《み》だと思うのだ。

学芸会の感覚を忘れて芝居は語れまい。張りぼてや空想のドア、苦肉の策のあの手この手で真剣にごっこ遊びができる。許容して、目一杯想像して、ぶつかって溶けて、沸き上がり押し寄せる拍手の波。

真喜志康忠——まきしこうちゅうと読む。芝居に生涯を捧げた私の祖父の名だ。数え九歳で役者の世界に入った彼は、戦前から戦後の沖縄芝居の復興期、最盛期に活躍した沖縄芝居の第一人者といわれる。私の記憶の中でも祖父は沖縄の大スターであり、私のヒーローだった。しかし時代は移ろい、沖縄方言が廃《すた》れていくと、本当の沖縄芝居というものもみるみる衰退していった。賑やかな大通りの裏手で、それが最後の灯火をふうっと消してなくなってしまうまでを見届けたのか、真喜志康忠もそっと人生の幕を降ろした。

よくできた舞台を観ると、幼い頃に観た祖父の芝居を思い出すことがある。祖父の血が私の中でふつふつと息を吹き返すような懐かしさに胸が熱くなる。私にとってのごっこ遊びとは、私の中の引出しから何かがするすると引き出されて、丁寧に新しい再生をするという感覚。私は何度も生まれては終わり、そしてまた生まれる。客席に向かって堂々と左手を北国、右手を南国だと言ってのけられる度胸があるというのだから、血は争えないのだと知る。

一方、私の本業とされる〝歌〟を〝表現手段〟として捉えたことはない。悲しい気持ちや寂しい気持ちになりきって歌い上げたという経験はないのだ。歌は、ただ歌であって、日常生活と同じように無意識の、そのままのものでしかない。私が何らかの感情の歌を選べるわけではなく、歌が私を選ぶだけのことだから。

しかし、そのままというのは自然なようで実のところ尻がゆいものだとご存知だろうか。たとえば漫画「ガラスの仮面」の北島マヤ。普段は地味でパッとしないという彼女が、そのままを求められたら、それは身の置きどころのない仕打ちに違いないのだが、私にとって歌がそれにあたる。私そのままを誉められてもけなされてもどうしようもない。歌というものは、とにかくこちらから上から目線で選《え》り好《この》みできるものでもなければ、努力してコントロールできるものでもないのだ。

感情的な歌を歌うとされる身で元も子もないけれど、正直、歌う時に自分の感情などない。ただ歌に選ばれ、それに従うだけの、そういう種類の、本人的にも何が何だかよくわかっていない、そんな歌い手なのだ私は。そこには歌より大きく明確な意志や想いなどは存在しない。無だ。それを音楽の奇跡だとか魔法だとか以外に、何と称することができるのかさえも、私は知らない。

常に素っ裸を晒《さら》しているような情緒不安定さは、アーメン・ソーメン・冷やぞーめん。だから私は芝居が恋しくなる。「阿麻和利《あまわり》」の華やかな衣装、「多幸山《たこうやま》」の鬘顔《かずらがお》。

じーちゃん。出棺の時に、愛用してた眼鏡を入れてあげようって、美代子おばちゃんがじーちゃんの顔の横に置いたんだけど、葬儀屋さんがボソッとそれは燃えないからって、そう言ったから、どさくさに紛れて、こっこが眼鏡をこっそりもらいました。後でパパに見つかったんだけど、じーちゃん、これはダテメガネだそうですね。「頭が良く見えるから」といって見栄をはっていたんだと聞きました。掛けてみると本当にダテメガネで、何だか笑ってしまいました。さすがの真喜志康忠も、そのままの素っ裸はこっ恥《ぱ》ずかしかったのかな?

じーちゃんの役者人生の影で、したたか苦労を被《こうむ》ったはずの、あの気丈なばーちゃんが子供みたいに泣いていました。でも、愛してるって、ありがとうって、何度も言っていましたよ。じーちゃんの息子たち、あの男四兄弟は、パパを含め皆それぞれがどこかじーちゃんに似ていて、誰もがそれを愛おしそうに見つめていました。葬儀は立派に執り行われ、会場は沢山のお花で溢れんばかりでした。

じーちゃん、今までありがとう。こっこは、受け継いだこの血、きっと大切にします。どうぞ見ていてくださいね。愛してます。

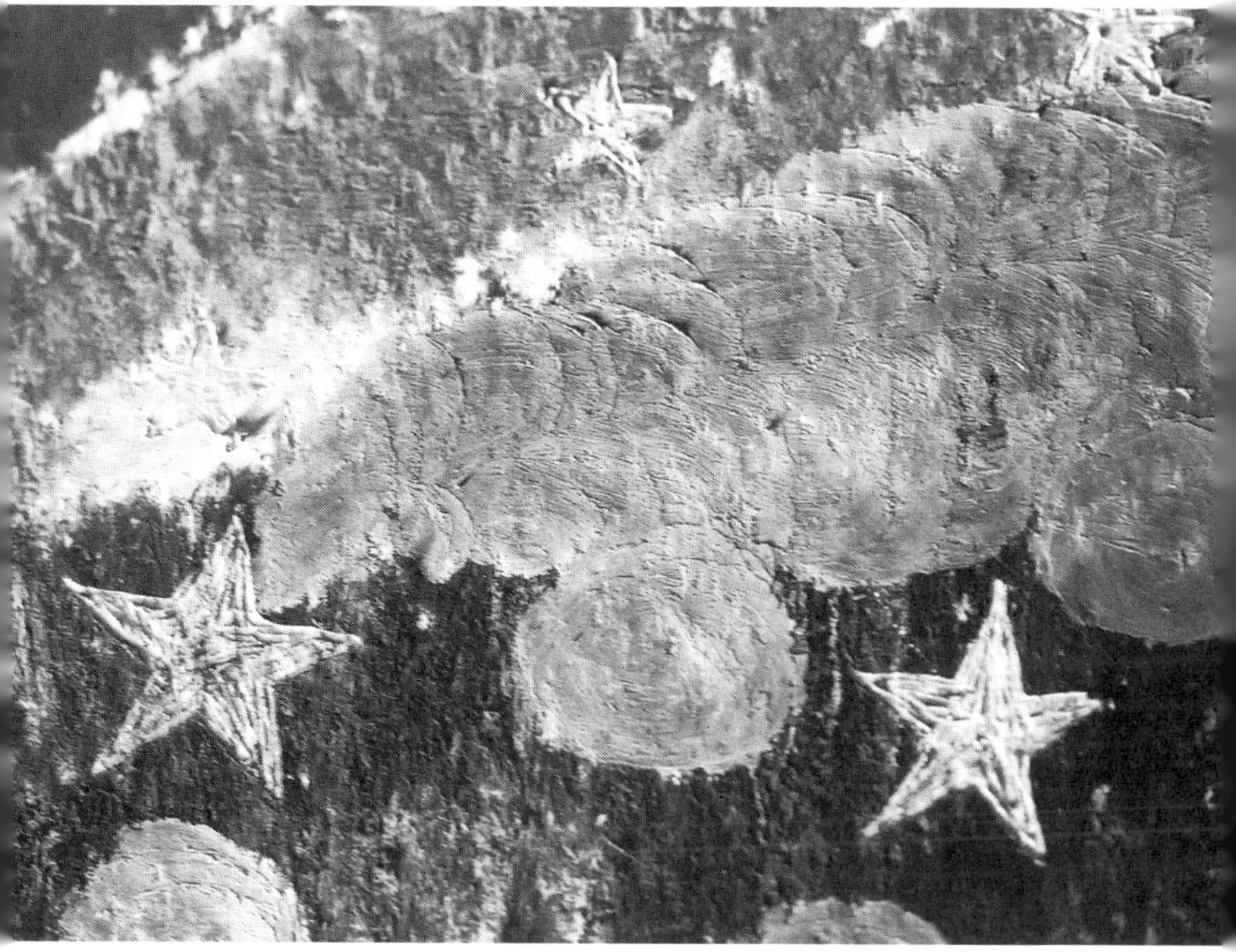

ドリーミンマイドリーム

沖縄に帰ると、極悪非道な大都会がまるで私をなぶりものにして、はなはだ痛めつけているかのようにみんなが保護してくれるけれど、私は東京の嫌なところなんてひとつも思いつかない。

人混みの分だけ物語があって、人混みの分だけ出会いがあって、人混みの分だけみんなが夢を持ち寄る街。

新緑が紅葉が白い息が
そして春が踊る場所。

会いたい人をここで待つ。

小サキモノ

私の腕に絡みついて、ぶらさがって、まとわりついて離れない、小さな小さな女の子がいた。

マゼンタ色のレオタードを着て、「セーラームーン」の曲に合わせて、ピョコピョコ元気に跳ね回っていた、小さな小さな女の子。

ああ、子供たちがあっという間に大きくなる！

そしてまた、ほら、新しい小さな手が、私の腕に甘えてくるのだから。こっこ姉ちゃんは泣いてしまいそうです。

事件です

「わがままで自己中で協調性がない」

これは、自分自身に焦点を当てると否応無しに浮彫《うきぼり》になってくる私という人物の性質を簡潔に述べたものだ。

家族に叱られたり、学校でもそんな指摘を散々受け続けてきたものだから、人格形成の段階でそれは私の核となり、また、自ら進んでそれをすっかり受け入れてきた自覚もある。私はわがままで自己中で協調性に欠ける、そういう人間なのだ。

犬や猫を見つけては「かわいい〜」と黄色い声を上げて駆け寄るなんて、わがままで自己中で協調性のない私にはありえない行為。犬は番犬、猫はネズミを捕ってナンボ。あたしにゃあどうでもいいこと。

赤子を見つけては「かわいい〜」と歓声を上げる女ども。しかし私はいたって冷静。

おいおい君たちよく見てごらんよ、それは不細工な赤子だ。全然かわいくない。あたしゃあわがままで自己中で協調性に欠ける女。何でもかんでも「かわいい～」なんてそんなのないないありえない。

　私の歴代の夢だってパイロットだとかバレリーナだとか、ほら、自分が飛びたいだとか踊りたいだとか、そんな夢しか描いたことがないんだから。誰かのお世話？　そんなの無理無理ご勘弁。あたしゃあ自分が一番のわがまま人間。

　かつて乗馬に挑戦した時も、馬の醸し出すあの独特のお世話してよオーラにカチンときて、「馬刺のくせに！」と吐き捨て、たった一度でやめてしまった。イルカショーでイルカを撫でてエサの魚をあげるなんてのもとても無理。魚を口へ放るふりをしてうんと遠くへ投げてやる。ほ～ら、魚がプールの彼方にポチャン。はっはっはっ。どうだ、これが、これこそが、わがままで自己中な「デビルこっこ」なのだ。ざまあ見ろ。

　私はこれまでそんなふうに自己評価に忠実に、立派にダークサイドクイーンとして君臨してきたのだ。だから、間違えても次のような言葉をかけられるいわれはないのだが、

「子供好きだよねぇ」

は？　誰が？　子供好き？

「赤ちゃんに目がないよね」

ちょ、ちょっと待ってくれ、何を言っているんだ！　あたしゃあ泣く子も黙るダークサイドクイーンですが、何か？

小学生の頃、なぜか新聞紙面に将来の夢を語る機会があった。そこには「排気ガスの出ない車を発明したい」という言葉が残っている。いや。しかし、それはアレです、エコ先取りで、大儲けするデビル的野望であります。「アジア人留学生を受け入れるアパートを作りたい」というのも、アレです。きっと、恩を売って、倍のお返しを見越すというういやしい野望であります。一人の時間が何より好きなのに、環境問題やら他人のお世話やら？　そんなガラじゃない。なんせわがままで自己中で協調性のないダークサイドクイーンですから。

一年の内で私が一番心待ちにしているのは、クリスマスでも何でもなくて学校の部活の合宿。子供が家にいない自由の日。どんなイベントよりも指折り数えて楽しみにしている日。どうだ、さすがのデビルこっこ・ザ・ダークサイドクイーンといったところではないか。

待ちに待った合宿の日、どうしたことか友人夫婦にベビーシッターを頼まれた。ダークサイドクイーンが存分に羽根を伸ばせるという日に子守りなんてアリなんだろうか？

赤子の腹と自分の腹を合わせて抱っこひもで固定する。赤子の腹式呼吸に応えるようにこちらも腹式呼吸。まんまるいあったかいやわらかい生命体が、ダークサイドクイーンの腕の中で寝息を立てる。私は体を揺らしながら歌を歌って、その背中をトントン打ちながらまた歌を歌う。いつまでもいつまでも歌っていられる。もうこりごりだと思っていた懐かしい感覚があまりにも簡単に甦る。そうだ、こうやって歌う歌が、私はずっと好きだった。

小さい頃、誰それに赤ちゃんが生まれたといってお祝いに行く時、私は自分の家からその誰それの家までの道順をこと細かに必死に記憶した。もしも時間が止まった時に赤子をさらいに行けるようにだ。私は赤子にかぶりつくように首ったけになって、引き離されると泣きに泣いたっけ。誰それが入院したお見舞いだといって病院に行くと、私はお見舞いそっちのけで産婦人科の新生児室のガラスにへばりついて赤子を見ていた。むにゅむにゅとうごめく命たちは、いつだって私のハートをメロメロにしてしまうものだった。

学校帰りに、捨て犬や捨て猫を片っ端から拾っては連れて帰ったっけ。痩せた猫やケガした犬、不細工な動物たちで実家はいつもいっぱいだった。おやおや？

これは一体何事だろうか。デビル道一直線できたはずの私。しかし——なになに？なんと、この赤子は保育園に入れず待機児童とな？　おや？　そこの赤子も？　えーと、その赤子どもを抱っこするには、何だ？　その、保育士か？

保育園の先生になりたいなんて、そんなお嫁さんにしたい女の子ナンバーワン的発言は、いまだかつて一度たりともしたことはない。だって私はダークサイドクイーン。

さあ大変。事件です。わがままで自己中で協調性のないダークサイドクイーンが、本屋に入って、そして、買ってしまった。

「保育士完全合格テキスト」

赤ちゃんをいっぱい抱っこしたい。一〇〇じゃ足りない。二〇〇も三〇〇も、色んな命をいっぱい抱っこしたい。

はてさて、何年がかりの計画となることやら。えらいこっちゃ。

自分調査

・好みのタイプ
漁のできる男
魚を捌《さば》ける女

・遠慮したいタイプ
携帯電話で時間を見る男
意識的内股の女

・好きな食べ物
みずみずしいものと豆

・苦手な食べ物
エビ、カニ、牛肉

・好きな色
藤色、ターコイズブルー、ロイヤルブルー

・欲しいもの
魅惑の三角ゾーン

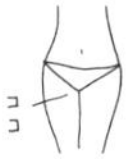

・来世は
巨乳で肩こり

・美容法

朝はスプーン一杯のヨーグルトで洗顔

・謎

大人気！　等身大カリスマ主婦モデル（身の丈に合っていて非日常的超人で一家の主の妻で、モデル？）

・行ってみたい国

イタリア、スペイン、ギリシャ、ネパール

・もう一度訪れたい場所

宮島／厳島《いつくしま》神社、雪の岩手

・憧れは

りんごの季節の青森

・読み返してしまう本
『グレート・ギャツビー』フィッツジェラルド（原文と野崎孝訳）
『はつ恋』ツルゲーネフ（神西清訳）

・バイブル
『ブラックジャック』手塚治虫

・最近観てよかった映画
「赤いアモーレ」（伊）、「殺意の夏」（仏）
「卒業」（米）

・最近ちょっと困っていること
お隣のおばあさんの大学生のお孫さんが仲間を大勢集めてどんちゃん騒ぎをすること。夜中からバーベキューをされると火事かと焦る。しかしみんな悪びれず朗らかな若者で何を言っても糠《ぬか》に釘。おばあさんは耳が遠い。

・最近買ったもの
日本製の薄手の上っぱり

・気になること
空模様

・気にかかること
幼稚化する大人たち

・期待より劣ったもの
ダ◯ソンの掃除機

・期待より勝《すぐ》れたもの
曲げわっぱの弁当箱

・あるといいな
度の合ったメガネ

・親の責任
子供の歯並び

・教育方針
ナメられたら終わり

・推奨するもの
豊かな母国語

・デートに行くなら
車（ヒールを履きたいから）

・休日の過ごし方
家事のつじつま合わせ

・好きな曜日
月曜日（始まるぞというかんじが）
木曜日（何とか巻き返せそうなかんじとあと少しというかんじ）

・晴れの日
布団を干したり大きなことをする

・雨の日
ちまちましたことをする
・注目の日
今日！

ことがら

桜を撮らなくなってどれくらいだろう。もう、桜を撮ることはやめてしまった。

東京で初めて見たソメイヨシノは圧巻だった。南国育ちの私は、日本国本土に誇れる本当に律儀な四季というものにすっかり度肝を抜かれた。

春になるとカメラを持って桜を追いかけた。咲き始めの蕾《つぼみ》を見上げて今か今かとレンズを覗き、満開の花びらに狂喜乱舞して、散りゆく桜吹雪に恍惚《こうこつ》と溺れ、くらくらと目を回しながら何度も何度もシャッターを切る。何本も何本もフィルムを費やした。懲りもせず、毎年毎年寝ても覚めても、そのたとえようのない凄まじい美しさを限られた時間の中で、さて、どうしてくれよう？　と。それはまるで雲をも摑むに等しい挑戦だったのだろうけど。私はせっせと桜を撮り続けた。

しかし一度も、ただの一度も、この目が見たままの美しさをそっくり写真に収めることはできなかった。現像からあがってきたプリントを見ては例外なく肩を落として、過ぎた季節を恨んだ。

ある時、私は観念した。桜は手中に収めることなどできないのだと。そして、私はようやくカメラを置いたのだ。

桜に対するそのあきらめの境地みたいなものを想う時、私は富士山と陣痛についても想うのだけれど、突飛《とっぴ》だろうか。

富士山に向かう車中、私は助手席から見える景色に困惑していた。いくつも山があってどれが富士山だかわからない、あの山かも、この山かもしれない、いや、実はあれが富士山だったかもしれないと窓ガラスに顔を押しつけてぼやいていた。運転席の彼は笑って「富士山は見ればすぐにわかるから大丈夫」と言う。しかし山間《やまあい》の道はやはり四方八方を山に囲まれていて、どれが富士山だかさっぱりわからないのだ。

窓を開けると頬がピリリとしびれる。雪が残るけもの道、森はひんやりとした吐息を散蒔《ばらま》いて、私たちの行手に靄《もや》をかけた。淡い乳白色のベールを一枚ずつめくるように車は進む。と、その向こうに、だ。全てがその瞬間のための緻密《ちみつ》な演出だったのかという、ことごとく仕掛けられていたのかという幻想的な有様《ありさま》で、ぽんっと富士山が現れた。私の口から何か言葉がぽろりとこぼれたかもしれない。想い返してみて補う一言があるとすれば「あっぱれ」ぐらいだろうか。まさしく眼《まなこ》に沁《し》みるほどの優美。まるでお手上げだった。

臨月に幾度となく襲ってくる下腹部の痛みの中には、時として尋常でないと感じるものがあった。「う、産まれる」といったその時とそうでない痛みとではどう区別しようがあるんだろう？　と私は戦《おのの》いた。医者は笑って「陣痛は来ればすぐにわかるから大丈夫」と言う。自分は男なのによくもまあ適当なことをおっしゃるものだと。しかし、陣痛は来た。これは来たとしか言いようのないその時は来たのだ。それまでの知恵や知識や計画や対策といったもの全てすっ飛んでしまう、どうしようもない強さと揺るぎない力の前に、もはや丸腰でひれ伏すしかないような。

手に負えやしないそれらいくつかのことがら。

懐かしい風に吹かれて、私は助手席に座る夢を見る。あなたがいなくなった世界でも、また桜は咲く。

私はカメラを持たずに桜の中を行こう。もうどうにでもしてくれと、両手を上げて
花びらに打たれながら、同時に私は自由だとも知るのだ。

現在地

「それでは全国のお天気です」

やっと、最初に東京を見るようになった。

次に、沖縄を見る。

幸わせ者

なんだかなあと思いながら街を歩いていた。丁度そこは駅と駅との間の地点で、どちらの駅に行くにも同じぐらいの距離がある。じゃあ、あまり使わないほうの駅から帰ってみるか。

予定がとんだ自由時間。ぷらっと立ち寄ったその本屋さんには、Ｃｏｃｃｏの絵本やエッセイ、小説までの全書籍が揃っていた。あら、まあ。私の自宅にもこんなに揃ってないというのに、青山の一等地にてなんたる栄誉。棚に並んだ本の背表紙を指で撫ぜる。本屋さんを出る時、レジにいる店員さんに向かって静かに一礼した。

なんだかなあと思って歩いてきたけれど、あの本屋さんに置いてもらえるなら、もうそれだけのために本を書くでもいいのかもしれないな、と思った。

なんだかなあと思いながら口をつぐんでいたけれど、ある人から届いた手紙を鞄から出してもう一度読んでみる。電話でも繋がる間柄の彼女は、私のすることなすことを全力で手伝ってくれるありがたい存在。そんな当たり前の近しい人がこうして手紙をくれる。私がスタッフに頼んで、自宅での弾き語りをインターネット上にアップしてもらった〝花明かり〟という曲を聴いて、毎日がんばれたありがとうと彼女は書いていた。

なんだかなあと思ってじっとしていたけれど、彼女に喜んでもらえれば、もうそれだけのために歌うでも充分なのかもしれないな、と思った。

もしかしたらあなたにも、あなたにも、私の小さな歌はそんなふうに届いていたのかもしれないのだ、な。

なんだかなあと思いながら歩き始めたけれど、駅に着くころには自分がとんでもない幸わせ者だと気がついた。

春が駆けていく。想いは大空高く天翔《あまがけ》る。

ハルロー

楽器をつま弾きながら作曲をするといった技は、残念ながら持ち合わせていない。歌は私の頭の中にあって、ただそれがこの口を突いて出てくるだけなのだ。誰がそこにいようがいまいが、究極のところ私が億劫《おっくう》がらずに口を開けば、とりあえずは、歌は生まれるということになる。

歌を音楽として放つ、もしくは人に伝える際に音階やコードという共通言語が入用《いりよう》になるのだが、私はギターもピアノも真面《まとも》に演奏できず、譜面の読み書きもできない。たかが知れた私の技量で強引にコードをあてがわれた歌なんていうのは、見るも無惨に貧相でクスッと笑ってしまうほど哀れだ。

私がミュージシャンに宛てて書く曲の設計図みたいなものを見たら、あなたもきっと吹き出してしまうだろう。歌詞の横に「ヒューン」とか「バーン」とか「きらきらきら↑小さな透明のビーズ」といった説明文と、それを図解する簡単なイラストなどが書きこまれてあるのだ。

小さい頃、耳で覚えた〝エリーゼのために〟を忘れないようにと書き留めたもの（私にとっては譜面）は、「タララララララー」とカタカナで表記してあった。八つ続く「ラ」は音程に合わせて微妙に上下の高さをずらして書いてあるのだが。しかしそれと大差ないレベルのまま「歌手」なんて名乗って、音楽畑の情けを身に余るほど受けてきたのだから。

「東京には人さらいがいる」そう言って祖母は未だに心配しているけれど、私は鼻歌なんかお供にこうして靴を鳴らし、今、頭上に広がる空を見上げている。そちらのお天気はどうですか？　ああ、どこまで続くのだろう。

一分一秒も無駄にはできないと生き急いでもみたけれど、遅かれ早かれ終わるのだから、必ず終わってしまうのだから、ならばもう、もはや慌てることもないと、はたと足を止めた時、私をすっぽりと包んでいたこの街の朝焼けの美しかったことといったら、それはそれはもう眩しくて愛しくて。

ゆっくりゆっくり息を吐くということを学んだ。生《う》まり島《じま》から遠く離れた空の下、ゆっくりゆっくり息を吸うことを覚えた。

私が乱暴に空けた空白の年月というものがある。郷里はそれを日常の営みをもってせっせと埋めていてくれた。何もかもを放り投げた向こう見ずの果てにすっかり憔悴《しょうすい》しきった私をも、そのやさしい石畳は「おかえり」と迎える。丁寧に敷きつめられた日々は、くたびれた足の裏にぴったりと寄り添って私を泣かせた。帰れないのではなく、ただ帰らないだけだった夏の日。居場所がないと嘆いては、自分の無力さを晒しただけの冬の日。

「沖縄県出身（これ以下は好きにしておくれ）」

旅の途中であなたと出会う。郷里の話を聞かせてくれないか。あなたをこしらえた光と影と風のお話を。

下手くそな設計図と失くしてしまった地図。それでもあなたを見つけるさ。

空の下で挨拶をしよう

ハルロー　ハルロー

こんにちは
私はここで元気です。

東京ドリーム

どうしてどうして
何で何でばっか尖って
どうにもこうにも
灰色

窓を開けて候《そうろ》う
でたらめ風でも
肺に旨しとな

青葉にやらかい
荒野には厳しい
なんて

四つ足が駈ける
のばら

あーあ　何てこった

雨はこんなふうに降るの
藍は絹に水玉
愛はこんなふうに終わるの

始まりだと云った
お前

揺らせ

ひばり歌う青空
赤いネオンも
ハイにきています

故郷はどしゃ降り
僕だけが斜めに
キメて

干支を　一、二、三
ただ君に

あーあ　何てこった

雨はこんなふうに降るの？
藍は絹に水玉
愛はこんなふうに終わるの？
始まりだとも言うんだろ

あーあ　何てこった

会いたいんだ

雨はこんなふうに降るの
藍は絹に水玉
愛はこんなふうに終わるの
始まりだと云った
お前

揺らせ

どの花見てもきれいだな

沖縄タイムス連載

「もしも願いが叶うなら」(2010年1月5日)
「見えない共犯者」(同年2月2日)
「右へ左へ火を吹き」(同年3月2日)
「愛よ愛々」(同年5月4日)
「大人のお仕事」(同年10月5日)
「メッセージ」(同年12月7日)

書籍化にあたり加筆修正を行いました。
上記以外は書き下ろしです。

JASRAC 出 1311932-301

文・絵・写真　Cocco

アートディレクション　Cocco＋福成寺美保

ブックデザイン　篠宮知佐恵

プロフィール写真　大城亘

DTP　手塚英紀

編集　日野淳／三島邦弘（ミシマ社）

special thanks

知花徳和（沖縄タイムス社）、ギマトモタツ、六組軍団、

SPEEDSTAR RECORDS、飯島バレエスクール、

ダンスの先生方皆々様、タツル、幸三&貴ちゃん＋K、高木＋吉田、

family, friends & Team Cocco Allstars

Cocco
1977年　沖縄県出身　歌手

東京ドリーム
2013年10月25日　初版第1刷発行
2013年10月31日　初版第2刷発行

著者　Cocco

発行者　三島邦弘
発行所　株式会社ミシマ社
郵便番号 152-0035
東京都目黒区自由が丘2-6-13
電話 03-3724-5616
FAX 03-3724-5618
e-mail　hatena@mishimasha.com
URL　http://www.mishimasha.com/
振替 00160-1-372976

印刷・製本　株式会社シナノ

ISBN：978-4-903908-47-2